Zakaria, un cheikh maudit

ELISA MARSHALL

Zakaria, un cheikh maudit

AZUR

HARLEQUIN

Collection : Azur

HARPERCOLLINS FRANCE
83-85, boulevard Vincent-Auriol, 75646 PARIS CEDEX 13
Service Lectrices — Tél. : 01 45 82 47 47 - www.harlequin.fr
ISBN 978-2-2804-5899-3 — ISSN 0993-4448

Composé et édité par HarperCollins France. Achevé d'imprimer en mai 2021.
par CPI Black Print - Barcelone - Espagne
Dépôt légal : juin 2021.

FSC www.fsc.org MIXTE Papier issu de sources responsables FSC® C159065

Pour limiter l'empreinte environnementale de ses livres, HarperCollins France s'engage à n'utiliser que du papier fabriqué à partir de bois provenant de forêts gérées durablement et de manière responsable.

Prologue

La ruelle était sombre, bien trop sombre pour qu'une femme y déambule seule. S'il lui arrivait quelque chose, on déplorerait son inconscience ou on la traiterait de folle. Mais Feriel s'en moquait éperdument.

Dans ce *barrio* de Caracas à peine éclairé par un faisceau de lune, elle avançait d'un pas déterminé, ignorant les regards menaçants qui se posaient sur elle.

La peur lui était étrangère, au grand dam de ses quatre frères qui l'avaient couvée telle une poupée de porcelaine, toute sa vie durant.

Feriel n'était *pas* une poupée. Dès qu'elle avait eu l'occasion de s'émanciper de la tyrannique tendresse de ses aînés, elle s'était aventurée hors des sentiers battus.

Jamais plus elle ne pourrait se contenter de l'existence terne qu'elle avait menée au cours de son adolescence. Elle avait pris goût à la plus puissante des drogues : l'adrénaline. En ce moment même, elle la sentait rugir dans ses veines.

— *Te paseas, cariño ?*

Elle ignora le jeune imbécile qui l'avait interpellée et poursuivit sa route au milieu des maisons délabrées, réputées pour leurs couleurs vives.

Avant son voyage, elle avait étudié la topographie de

la ville pour y évoluer le plus naturellement possible. Elle ne pourrait probablement pas se fondre parmi la population locale mais refusait de lui faire l'effet d'une parfaite touriste.

— *Estás perdida ?*

L'homme n'abandonnait pas, hélas. Contrariée, elle se tourna vers lui afin de lui adresser un regard aussi noir que la nuit.

— Et toi ? répondit-elle en espagnol.

Les recommandations de Malek défilaient dans son esprit.

Avance.

Ne détourne pas les yeux.

Reste calme.

Avant d'épouser Aliyah de Zmelâa et de devenir le nouveau sultan du royaume, Malek Ben Hariz avait été le garde du corps de la princesse et le meilleur agent de terrain de sa génération. Ses conseils valaient de l'or et elle les suivait – à quelques détails près.

C'est lui qui avait organisé son départ pour Caracas et elle avait convenu avec lui de le tenir informé heure par heure de ses progrès.

Était-il déjà au courant qu'elle avait semé les hommes censés l'escorter, sitôt installée dans son hôtel ? À n'en pas douter, il serait furieux qu'elle ait désobéi aux règles de prudence les plus élémentaires. Cette fois pourtant, elle n'avait pas agi par bravade. Non, c'était dans l'unique but de mener à bien la mission que Malek lui avait confiée qu'elle avait abandonné les deux molosses qui la suivaient partout. Comment aurait-elle pu faire preuve de discrétion avec des chaperons pareils ?

Feriel jeta un coup d'œil rapide derrière elle pour

s'assurer que son tourmenteur l'avait laissée – ce qui était le cas, fort heureusement.

Comme elle tournait au coin d'une rue, elle s'aperçut que celle-ci débouchait sur une impasse. Bon sang ! Elle avait pourtant le plan bien en tête… Se pouvait-il qu'elle se soit trompée de route ?

Feriel scruta sa montre.

Minuit, évidemment. L'heure du crime.

Un sourire lui monta aux lèvres à cette idée. Elle avait l'impression d'être au cœur d'un de ces romans policiers qu'elle avait dévorés et qui l'emportaient dans des contrées lointaines, des villes inquiétantes.

Caracas n'avait rien de glauque, toutefois. C'était une ville foisonnante et animée, qu'elle aurait dû découvrir en pleine journée. Si elle en avait le temps, elle explorerait la capitale du Venezuela dès le lendemain. C'était la première fois qu'elle séjournait aussi loin de son pays et elle voulait profiter de chaque instant. Graver dans sa mémoire les souvenirs de voyages dont elle espérait qu'ils seraient nombreux.

Alors qu'elle faisait demi-tour, Feriel se trouva face à l'homme qui l'avait suivie.

— *Eres muy bella, cariño.*

Le ton n'avait plus rien de suave, il était agressif. Et pour la première fois depuis le début de son expédition, Feriel sentit l'angoisse la gagner.

Sans répondre, elle chercha à passer, mais l'homme lui bloquait le passage, un sourire mauvais aux lèvres.

— Tu veux de l'argent ? demanda-t-elle après un long silence.

Tout en secouant la tête, l'individu avança vers elle, la faisant reculer à chaque pas. Déjà, elle maudissait la voie sans issue dans laquelle elle s'était engagée et bientôt, le mur contre lequel son dos venait de se heurter.

Elle ouvrit la bouche, prête à crier, mais aucun son ne franchit la barrière de ses lèvres. Feriel était paralysée, tétanisée par la peur.

— *Eres tu a quien quiero.*

« C'est toi que je veux. »

Comme pour prouver ses dires, il se mit à rire tout en la scrutant de haut en bas. Mais au moment où il s'apprêtait à la saisir par la taille, il fut projeté au sol, après avoir reçu un coup de poing fracassant.

Incrédule, Feriel battit des cils, cherchant à identifier dans la pénombre la silhouette de son sauveur.

L'homme était immense, doté d'une carrure impressionnante. Elle étrécit les yeux, curieuse de découvrir son visage, qu'elle ne put distinguer.

— Dégage, ordonna-t-il à l'agresseur, qui détala aussitôt sans demander son reste.

La voix était grave, rauque, d'une virilité désarmante. Feriel déglutit avec peine, tandis que son cœur tambourinait dans sa poitrine.

— Alors chez vous, les femmes se promènent seules en pleine nuit ? fit-il avec dédain.

Simple rhétorique et Feriel se sentit stupide de s'être aventurée là sans songer aux conséquences. Une fois de plus, son tempérament intrépide l'avait placée en mauvaise posture. Sans cet homme, le pire lui serait certainement arrivé.

— Merci, murmura-t-elle. Monsieur… ?

Pour une raison étrange, elle avait besoin de connaître son nom. Peut-être parce qu'elle n'oublierait jamais cette rencontre énigmatique et empreinte de danger.

Sans lui révéler son identité, il s'adossa à un mur fissuré, de côté. Puis il tira des cigarettes de sa poche.

— Vous fumez ? demanda-t-il en lui tendant son paquet.

Elle secoua la tête, tandis qu'il faisait crépiter une allumette. Il approcha la flamme de son visage, dont elle découvrit soudain le profil.

Le cœur de Feriel manqua un battement. Il avait les cheveux noirs, des traits virils, une bouche pleine. Des yeux émeraude qu'elle connaissait fort bien.

— C'est la première fois que je vous vois ici, reprit-il. Que faites-vous à Caracas ?

Feriel croyait au destin, et elle devait reconnaître à cet instant que le hasard se montrait magnanime.

Un sourire aux lèvres, elle tendit la main à l'étranger.

— Je m'appelle Feriel Ibn Nasser et c'est pour vous que je suis là, Zakaria. Je suis venue vous chercher.

1.

Zak avait attendu longtemps ce moment – celui où un émissaire de Zmelâa viendrait à sa rencontre. Mais pas un instant, il n'avait imaginé qu'on lui enverrait une femme.

Et quelle femme !

La beauté qui se tenait face à lui était époustouflante. Longs cheveux bruns, yeux en amande, quelques taches de rousseur sur un visage à l'ovale parfait. Sa bouche pulpeuse était une invitation aux baisers. Quant à ses courbes tentatrices, soulignées par le tailleur improbable qu'elle portait en plein bidonville, elles la rendaient sexy en diable.

— Me chercher ? lâcha-t-il plus brutalement qu'il ne l'aurait voulu. Mais je ne vais nulle part, mademoiselle.

Elle haussa un sourcil bien dessiné.

— C'est que vous ignorez encore la raison de ma présence ici, Zakaria.

Zakaria. C'était la première fois qu'on l'appelait par son nom complet. Lui-même ne l'avait découvert que quelques années plus tôt, en même temps que le secret de ses origines. Il s'en était fallu de peu, à l'époque, qu'il jette sans le regarder le dossier que le détective lui avait remis en mains propres.

Après des mois de recherches, l'homme avait affiché un air de pure jouissance en lui tendant l'enveloppe de papier kraft, si bien que Zak s'était mis à douter. Découvrir d'où il venait lui apporterait-il une quelconque satisfaction ? Parce qu'il s'était construit dans la plus stricte solitude, avait-il réellement besoin – ou même envie – de connaître le nom de ses géniteurs ou son lieu de naissance ?

Aux yeux de tous, il était Zak Miralez, le chef incontesté du *barrio* où il avait grandi, et aujourd'hui l'homme d'affaires le plus puissant d'Amérique latine.

Le dossier était resté des semaines sur son bureau avant qu'il se décide à en prendre connaissance. Peut-être aurait-il mieux valu qu'il s'abstienne.

— Pourrions-nous discuter dans un endroit calme ? ajouta la jeune femme comme il restait silencieux.

— Rien ne saurait me faire plus plaisir que de vous conduire chez moi, mademoiselle.

— En pleine nuit ? balbutia-t-elle.

La voir rougir lui procura une joie aussi inouïe qu'inattendue. La confusion troublait à présent ses beaux yeux sombres.

— J'habite à deux pas d'ici, répondit-il.

Sans doute le savait-elle déjà. C'était la seule explication à sa présence dans ce quartier populaire et mal famé : elle avait cherché à repérer sa maison. Mais peut-être n'avait-elle pas anticipé le danger de s'y rendre sans guide local.

— Que diriez-vous plutôt de nous retrouver demain dans un café du centre-ville ? reprit-elle. J'ai repéré une adresse à deux rues de l'hôtel où je suis descendue. Le Terraza, vous connaissez ?

Incrédule, il la dévisagea un instant avant d'éclater de rire.

— J'ai une tête à prendre le soleil en terrasse ?

Elle fronça les sourcils.

— Parce qu'il faut un visage particulier pour cela ?

Il aimait la façon dont chaque émotion passait dans son regard. Était-elle… vexée qu'il puisse refuser son invitation ?

— Disons que je n'ai pas l'habitude de m'afficher en public. Je préfère la nuit à la lumière, et c'est une chance pour vous. Quelle idée vous avez eue, de traverser seule ces rues où vous n'êtes qu'une étrangère…

Elle soupira.

— J'avoue avoir manqué de lucidité, ce soir, mais j'étais si pressée de découvrir Caracas… Me croirez-vous, si je vous dis que je suis d'habitude une femme très raisonnable ?

— Absolument pas ! répondit-il, amusé.

Jouait-elle la candeur à dessein ? Son audacieuse naïveté ajoutait à son charme.

— J'ai parcouru la moitié de la planète pour vous voir. Accordez-moi un rendez-vous, *Zakaria*.

Le silence s'installa entre eux, sans que Feriel en éprouve la moindre gêne. Il y avait quelque chose d'irréel à converser en pleine nuit avec cet homme qu'elle venait de rencontrer, dans un pays tout aussi inconnu.

Elle aurait voulu lui révéler tout de suite le motif de son voyage, mais le risque de le braquer était trop important. Malek lui avait demandé de se montrer prudente avec Zakaria, réputé pour son impulsivité et son caractère ombrageux. Il lui faudrait redoubler de vigilance pour ne pas commettre d'impair avec lui.

— Retrouvez-moi au siège de ma société, demain à 8 heures. Alfonso vous y conduira.

Elle fronça les sourcils.

— Alfonso ?

À peine avait-elle prononcé ce nom qu'une voiture noire se matérialisait au début de l'impasse. Un homme en sortit pour ouvrir la portière arrière. Il lui fit signe d'approcher.

— *Le conduzco al hotel, señorita.*

Feriel scruta Zakaria. Quand avait-il appelé son chauffeur ? Elle ne l'avait pas quitté des yeux depuis leur rencontre. Cet Alfonso le suivait-il partout ?

Devait-elle seulement faire confiance à Zakaria ?

— Si vous m'indiquez le chemin du retour, je suis sûre de pouvoir me débrouiller pour rentrer, balbutia-t-elle.

Elle songea soudain à l'agression dont elle avait bien failli être la victime et se ravisa.

— En fait, je ferais peut-être mieux d'accepter votre offre.

— Ce serait plus sage, en effet, répondit Zakaria. Et puis, vous n'avez aucune raison d'avoir peur de moi, n'est-ce pas ?

Il avança vers elle et bientôt fut éclairé par les phares de la voiture. Alors Feriel laissa échapper un cri étranglé.

Une large cicatrice barrait l'une des joues de Zakaria. Elle courait de son sourcil jusqu'à la commissure de sa bouche, tel le reflet d'une violente blessure.

— Un problème, mademoiselle ? demanda-t-il d'une voix dure.

Sous le choc, elle se contenta de secouer la tête. Il y

avait bien un souci de taille, pourtant : son cœur s'était mis à battre à folle allure pour cet homme aussi sublime que terrifiant.

Il l'avait effrayée et pour une raison étrange, cela le contrariait. Zak avait pourtant l'habitude d'inspirer la peur, parfois même la répulsion. Sitôt sa cicatrice découverte, on détournait le regard ou reculait d'un pas. Les plus audacieux osaient l'interroger sur l'histoire de cette balafre qui le rendait si singulier, mais la plupart préféraient feindre de ne pas l'avoir remarquée. Par politesse ou lâcheté, ils se contentaient alors d'écourter la conversation pour échapper à cette vision.

D'une certaine façon, Zak aimait cela : déclencher une émotion forte chez son interlocuteur. Marquer les esprits est tellement préférable au fait de susciter l'indifférence !

L'enfant invisible qu'il avait été s'était mué en un homme charismatique et imposant. Il avait conquis sa place dans le monde à force de volonté, faisant fi des obstacles qui se dressaient sur sa route.

En dehors de son physique atypique, Zak pouvait se targuer d'être inoubliable dans la plupart des domaines.

Les affaires. Le sexe.

L'argent lui conférait une aura de pouvoir qui faisait oublier à ses nombreuses maîtresses le moindre de ses défauts. Dans l'obscurité, il était un amant passionné et attentif, et jouissait d'une réputation telle que les femmes se disputaient ses faveurs. Il profitait pleinement de cet avantage, tout en étant chaque fois parfaitement clair sur ses intentions. Jamais il ne passait plus de quelques nuits avec la même.

Le plaisir sans engagement, voilà le but qu'il s'était fixé il y a bien longtemps. Il n'avait ni l'envie ni le besoin de poursuivre une relation nécessairement vouée à l'échec. Car Zak ne se faisait aucune illusion sur les liens qui unissent deux âmes dont l'intérêt principal est de ne pas mourir seules.

Lui ne craignait ni la solitude ni la mort : il les avait côtoyées de suffisamment près pour ne plus jamais avoir à les redouter.

Il jeta un œil à sa montre avant de se lever de son bureau. 7 h 45. Feriel Ibn Nasser ne tarderait pas à faire son apparition. Il était curieux d'entendre sa version de l'histoire de Zmelâa, une histoire dont il était un protagoniste de choix alors qu'il avait quitté le royaume du désert le jour même de sa naissance. Surtout, il voulait savoir qui avait envoyé la jeune femme jusqu'à lui et pour quelle raison.

Zak s'approcha de la fenêtre. De cet immeuble qu'il avait fait construire il y a dix ans de cela, il apercevait au loin la montagne, dont le sommet perçait les rares nuages. La nature audacieuse cherchait à atteindre le ciel, là, sous ses yeux, sans jamais quitter la terre ferme. Ce spectacle aurait pu le rendre humble s'il n'avait été tenté de gravir lui-même les cimes du succès.

Un coup frappé à sa porte l'arracha à ses pensées. Aussitôt, Zak tira les rideaux vers lui. L'heure était venue de se confronter à son passé.

Tout en l'escortant jusqu'à son patron, la secrétaire particulière de Zakaria avait donné tout un tas d'instructions à Feriel. Des recommandations plus étranges les unes que les autres. La femme d'âge mûr était allée jusqu'à lui indiquer où s'asseoir et les formules de politesse à privilégier en présence de l'homme d'affaires. Pour qui la prenait-elle ? La croyait-elle tout droit sortie de la fange ? Feriel avait grandi dans un royaume et connaissait les bonnes manières, tout de même ! Jamais elle n'avait eu besoin qu'on lui dicte sa conduite.

« Gardez vos distances », lui susurra encore la secrétaire, juste avant de lui ouvrir la porte.

Incrédule, Feriel jeta un regard noir à son interlocutrice. Mais déjà, celle-ci avait disparu.

— Entrez, mademoiselle Ibn Nasser.

La voix grave fit courir un long frisson dans son dos.

— Appelez-moi Feriel, je vous en prie.

Elle avança dans le vaste bureau, curieusement plongé dans la pénombre. Fallait-il chaque fois qu'elle rencontre cet homme à l'abri de la lumière ?

— Alors vous ne plaisantiez pas, quand vous disiez préférer la nuit…

Elle distinguait sa silhouette près de la fenêtre et s'approcha encore de lui.

— C'est peut-être la nuit qui me préfère…

Feriel déglutit avec difficulté, troublée malgré elle par la gravité qui émanait de ses paroles.

Elle mourait d'envie d'ouvrir grand les rideaux pour retrouver les yeux émeraude qui l'avaient chavirée, pourtant elle s'abstint. Elle n'était pas chez elle mais dans l'antre de Zakaria.

— Merci de me recevoir, dit-elle pour rompre le silence qui s'était installé entre eux.

Il lui fit signe de s'installer dans un large canapé de cuir, à quelques mètres de lui.

— Vous ne m'avez guère laissé le choix. Quel homme serais-je, si je vous avais permis de quitter Caracas sans même vous avoir écoutée ?

Elle ne serait jamais partie sans lui avoir parlé mais il n'avait pas besoin de le savoir.

— L'affaire qui m'amène est capitale, annonça-t-elle. Ce que je vais vous révéler bouleversera votre vie tout entière.

Il se mit à rire.

— Quelle grandiloquence ! Hélas, j'ai bien peur de vous décevoir, mademoiselle Ibn Nasser.

— Feriel !

— *Feriel…*

La façon dont il roula le *r* fit battre son cœur plus vite. Il lui fallait se ressaisir immédiatement !

— Je ne laisse à personne le pouvoir de perturber mon existence, poursuivit-il. Et puis, je connais déjà la raison de votre présence chez moi.

Chez moi. Zakaria la considérait-il comme une intruse ? Peu importait, au fond. En revanche, la possibilité qu'il soit au courant de l'objet de sa venue ne manquait pas de la surprendre.

Elle attendit quelques instants qu'il parle, toutefois il garda le silence.

— Que savez-vous au juste, Zakaria ?

Il avança d'un pas vers elle, dans un rai de lumière qui le rendait enfin visible. Sa beauté virile la frappa de nouveau. Face à lui, Feriel se sentait désarmée et bien trop vulnérable.

— Tout, Feriel. Je suis le prince banni du royaume de Zmelâa.

Sous le choc, elle vacilla légèrement. Ainsi donc, il savait ! Alors pourquoi n'avait-il jamais cherché à entrer en contact avec la famille royale, *sa* famille ?

Elle était belle, plus belle encore quand elle affichait cet air troublé, perdu. Zak aurait pu la laisser lui raconter l'histoire de sa naissance. Feriel y aurait mis les formes, il n'en doutait pas un instant. Pourtant il n'avait aucune envie d'entendre parler de ses parents ou d'un pays qu'il ne connaissait pas.

Il savait l'essentiel des événements qui avaient marqué sa venue au monde et il n'y avait là rien de très réjouissant. Jawad, sultan de Zmelâa, avait trompé son épouse avec la camériste de cette dernière, au tout début de son règne. De cette liaison clandestine, deux garçons étaient nés, Hassan et Zakaria, des jumeaux que le roi avait condamnés à l'exil dès leur naissance. Cinq ans plus tard, la sultane avait donné le jour à une petite fille, légitime cette fois : Aliyah avait récemment hérité de la couronne de Zmelâa, au détriment de ses aînés.

Toutes ces informations, Zak les tenait de l'enquête qu'il avait diligentée auprès du meilleur détective d'Amérique. Elles lui avaient apporté la vérité mais pas la paix. Pourquoi chercher à en savoir davantage sur une affaire aussi sordide ?

Une seule question le taraudait.

— Qui vous envoie ?

Il s'était imaginé faire un jour face à son jumeau et s'était même préparé à cela. Il suivait depuis des années les succès de Hassan Knight. La vie de ce dernier avait démarré dans l'opulence – contrairement à celle de Zak – et chacun de ses pas l'avait depuis conduit plus loin sur les cimes de la réussite. Zak ignorait quand son frère avait découvert ses origines mais une chose était sûre : Hassan avait séjourné récemment à Zmelâa avant d'épouser une jeune femme de la région. Pourquoi ce dernier n'était-il pas venu en personne le trouver ? Il avait forcément eu vent de son existence.

Contrarié malgré lui, Zak répéta sa question :

— Qui ?

Feriel posa les mains sur ses genoux en une attitude sage que démentait l'ardeur de son regard.

— Je suis la secrétaire particulière d'Aliyah de Zmelâa et représente la Couronne, répondit-elle avec fierté.

— Je vois.

Ce qu'il comprenait, c'est que ni son frère ni sa sœur n'avaient daigné prendre l'avion pour se présenter à lui. Certes, la sultane devait avoir fort à faire depuis qu'elle avait pris ses nouvelles responsabilités mais tout de même, lui envoyer sa secrétaire…

— Et que voyez-vous, Zakaria ?

— Je mesure pleinement l'intérêt qu'on me porte au royaume. En fait, je me demande pourquoi *vous* êtes là.

Comme elle fronçait les sourcils, il vint s'asseoir sur l'accoudoir du fauteuil où elle était installée. Aussitôt, les effluves de son parfum lui parvinrent.

— Ne vous méprenez pas, Feriel, je suis ravi de vous avoir ici, à Caracas. Seulement, je m'étonne que mon illustre famille n'ait pas pris la peine de me contacter directement.

Elle ne le quittait pas des yeux et il en fut troublé malgré lui. Zak n'avait pas l'habitude d'être *regardé* de la sorte.

— Je comprends votre colère, dit-elle après un moment.

Il laissa échapper un rire amer.

— Je ne suis pas en colère. Si je l'étais, vous vous seriez empressée de quitter cette pièce, rétorqua-t-il plus rudement qu'il ne l'aurait voulu.

— N'importe qui serait furieux de la situation. Vous grandissez sans famille, et le jour où celle-ci vous contacte, c'est par l'intermédiaire d'une inconnue, une femme sans titre ni fortune. À votre place, je serais folle de rage.

Zak ne s'était pas attendu à cela. Cette fois, il éclata d'un rire sonore.

— Eh bien, vous avez au moins le mérite d'être franche !

Elle esquissa une grimace.

— C'est là le moindre de mes défauts.

— Un défaut adorable. Mais venons-en au fait. Vous êtes venue me révéler mes origines royales, or je m'en moque éperdument.

— Vous ne *pouvez pas* tourner le dos à votre famille. Pas maintenant. Que vous le croyiez ou non, Aliyah n'a appris que très récemment votre existence. Quant à votre frère, il a commis les pires actes dans le seul but de vous retrouver un jour.

— Les pires actes ? répondit-il, intrigué. Alors mon frère pourrait avoir en commun avec moi davantage qu'un visage…

Elle hocha la tête avec gravité.

— Pour tout vous avouer, je ne le connais guère. Mais je sais par son épouse qu'il dissimule un cœur d'or sous une apparence dure.

Zak balaya la remarque d'un revers de la main.

— Vous vous trompez sur mon compte, Feriel. Je ne dissimule rien, pour la simple raison que je vis exactement selon ma volonté.

— Je n'en crois pas un mot, rétorqua-t-elle aussitôt.

Bon sang ! Cette femme avait du cran. Venir le défier dans *son* pays, dans *sa* ville, dans *son* bureau…

— Vous avez tort. En ce moment même, je désire vous embrasser, et je vais le faire.

Et sans lui laisser le temps de protester, il prit son visage en coupe pour capturer sa bouche.

2.

Surprise par l'assaut de Zakaria, et les sensations inouïes qu'il faisait naître en elle, Feriel savoura l'instant. Elle aurait dû repousser cet homme trop sûr de lui, pourtant elle en était incapable. Captive de ses émotions, elle goûtait à un plaisir inédit – et dangereux.

La langue experte cherchait la sienne et cette caresse lui faisait l'effet d'un délice insupportable.

Au moment même où elle laissait échapper un gémissement, il se redressa brusquement, l'abandonnant à une vive frustration.

— À quoi jouez-vous donc ? s'écria-t-elle, agacée d'avoir succombé aussi facilement à sa séduction.

Malek l'avait pourtant prévenue que Zakaria était un homme à femmes et qu'elle devrait faire preuve de discernement en sa présence. Or voilà qu'elle se comportait comme n'importe quelle créature stupide devant un mâle dominateur et arrogant !

— Je vous prouve simplement qu'il n'y a rien de noble en moi et que vous feriez bien de vous méfier. Partez, Feriel, avant qu'il soit trop tard.

Elle secoua la tête.

— Je ne rentrerai pas à Zmelâa sans vous, Zakaria. Je suis là pour vous convaincre de me suivre jusqu'au royaume qui vous a vu naître, et où vous êtes attendu par vos frère et sœur.

— Ils ne sont rien pour moi, vous m'entendez ? Rien ! vociféra-t-il. Cette famille qui se prétend la mienne ne fait pas partie de mon existence. Nous n'avons pas le moindre lien et nous n'en aurons jamais.

Feriel frémit devant l'air menaçant de Zakaria. Quelques secondes plus tôt, il lui procurait un bonheur insensé et voilà qu'il cherchait à l'effrayer. Sa cicatrice le rendait plus redoutable encore.

La force qui émanait de lui était telle que Feriel fut soudain tentée de fuir, comme il l'y invitait. Elle se ressaisit toutefois, songeant à la promesse qu'elle avait faite à Aliyah de lui ramener son frère.

— De quoi avez-vous peur, Zakaria ? Si vous n'avez que faire de votre passé, alors affrontez-le une bonne fois pour toutes, afin de mieux l'enterrer ensuite.

Sa remarque sembla l'atteindre car il ne fit aucun commentaire.

— Très bien, finit-il par dire après un long silence. Je me rendrai à Zmelâa. Mais à la condition que vous y soyez mon guide… jour et nuit.

Feriel se sentit rougir, tandis que les propos de Zakaria prenaient sens. Venait-il réellement de suggérer qu'elle soit sa maîtresse ?

— Je crains que vous tenir compagnie ne fasse pas partie de mes obligations, prononça-t-elle, troublée.

Il lui adressa un sourire qui radoucit ses traits.

— Qui parle d'obligation ? Je te parle de plaisir, *Feriel*.

La panique la saisit devant le séisme que ces quelques mots soulevèrent en elle. D'où lui venaient les images érotiques qui affluaient soudain à son esprit ?

— Je ne suis pas celle que vous croyez, Zakaria, balbutia-t-elle. Jamais je ne ferai partie de vos conquêtes.

Il rompit la distance qui les séparait, si bien qu'il n'était plus désormais qu'à un souffle d'elle.

— J'aime les défis. Et tu es le plus tentant que j'aie eu à relever, susurra-t-il à son oreille.

Elle crut un instant qu'il allait l'embrasser de nouveau mais au lieu de cela, il se détourna sans un regard en arrière pour se diriger vers la porte.

— Nous partirons demain, lança-t-il.

L'instant d'après, il avait quitté la pièce.

Restée seule, Feriel mit quelques instants à se remettre de ses émotions. Zakaria exerçait une attraction inattendue sur elle. Si elle était immunisée contre les beaux parleurs, elle se sentait démunie face à cet homme brut. Il ne cherchait pas à faire semblant ou à dissimuler ses intentions sous des discours trompeurs.

Il la désirait, et il le lui avait clairement signifié.

Et cela ne pourrait que faciliter sa mission. En effet, Malek avait décidé d'envoyer une femme quérir Zakaria, car il connaissait le goût de ce dernier pour la gent féminine. Mais à aucun moment le sultan ne l'aurait compromise. S'il l'avait choisie *elle*, c'est qu'il était persuadé qu'elle saurait résister au plus grand des séducteurs !

Feriel avait grandi entourée d'hommes et connaissait leurs qualités et leurs travers. Ses frères l'avaient protégée, leurs amis l'avaient courtisée. Elle savait reconnaître une lueur appréciative dans un regard masculin et le moment où tout bascule. À quatre reprises déjà, elle avait refusé une demande en mariage. Aucun de ses prétendants n'avait su éveiller en elle le moindre intérêt. Elle collectionnait les amis mais n'avait laissé aucun d'eux tenir un autre rôle dans son existence.

Elle se voulait indépendante, et sa liberté se concevait hors de l'emprise de tout homme.

L'effet que Zakaria avait sur elle la contrariait. Pour la première fois de sa vie, elle avait l'impression de ne pas maîtriser ses propres réactions.

Son cœur qui battait plus vite, les frissons qui la parcouraient, son esprit en déroute et cette façon qu'elle avait soudain de ne plus trouver ses mots… Tout cela était inhabituel chez elle.

Il lui fallait reprendre le contrôle au plus vite. Elle vouait aux midinettes un profond mépris et il n'était pas question qu'elle rejoigne leur clan !

Dès demain, en présence de Zakaria, elle se comporterait comme la professionnelle qu'elle était. Feriel représentait la couronne de Zmelâa et ne laisserait personne le lui faire oublier, pas même un ténébreux cheikh.

— Mademoiselle ?

La voix de la secrétaire l'arracha à ses pensées.

— Le chauffeur de M. Miralez va vous reconduire à votre hôtel.

Elle était congédiée mais ne put s'empêcher de jeter un dernier regard au bureau de Zakaria. Le soleil s'était invité dans la pièce malgré les rideaux tirés et l'endroit lui parut soudain presque chaleureux.

Aux murs étaient accrochés de nombreux tableaux, plus colorés les uns que les autres.

Des paysages : la montagne de Caracas, les *barrios* et leurs maisons de bois agglutinées. Des portraits de personnages rieurs, probablement réalisés en pleine rue : un enfant édenté, un groupe de vieux messieurs jouant aux cartes, une femme aux rides profondes et au sourire étincelant.

La joie émanait de ces œuvres.

— Qui est l'auteur de ces peintures ? demanda Feriel, intriguée.

La secrétaire hésita quelques instants.

— M. Miralez, mademoiselle.

Sous le choc, Feriel se tourna vers son interlocutrice qui, à sa grande surprise, s'approcha de la large fenêtre pour l'ouvrir en grand.

Éblouie par le flot de lumière, Feriel étrécit les yeux avant de se poster devant l'unique tableau d'un pan de mur étroit, et qui dénotait parmi les autres. On y voyait une tempête dans le désert, sous un ciel noir, et deux étoiles échouées au milieu des grains de sable.

— La peinture est le reflet de l'âme..., laissa échapper Feriel, bouleversée par l'émotion qui se dégageait de la toile.

La secrétaire soupira, lui rappelant sa présence. Toutes deux se regardèrent un long moment avant que la première rompe le silence :

— Il est temps d'y aller, mademoiselle.

Pour toute réponse, Feriel hocha la tête et la suivit hors du bureau, encore troublée par les découvertes qu'elle y avait faites. Zakaria ne pourrait être réduit à l'image qu'elle s'en était faite avant de le rencontrer : l'orphelin des rues, le magnat des affaires, le séducteur arrogant, l'artiste prolifique... Cet homme recelait une personnalité bien plus complexe encore qu'elle ne l'avait imaginée.

Et chacune de ses facettes ajoutait à l'aura magnétique qu'il dégageait.

Résolue à découvrir la capitale du Venezuela, Feriel fit toutefois un saut rapide à son hôtel, le temps pour elle de se changer et de recharger son téléphone portable. Sa boîte vocale était pleine, découvrit-elle avec contrariété en quittant sa chambre. Elle aurait dû contacter le palais avant son rendez-vous avec Zakaria, mais, concentrée sur sa tâche, elle avait oublié de le faire.

Elle fit défiler les textos de Malek, ignora ceux des gardes du corps censés la protéger. Mais elle s'arrêta net en voyant s'afficher le nom d'Aliyah.

Donne-moi de tes nouvelles. Malek et moi, nous nous faisons un sang d'encre pour toi.

La honte la submergea à l'idée qu'elle ait pu causer du souci à Aliyah. La sultane avait tant de responsabilités et de dossiers à gérer ! Surtout, elle était sur le point de donner la vie et avait besoin de sérénité.

Feriel composa aussitôt le numéro personnel d'Aliyah. Cette dernière avait beau être reine aujourd'hui, elle resterait à jamais sa meilleure amie.

La sultane décrocha à la première sonnerie.

— Comment vas-tu ? s'écria-t-elle au bout de la ligne.

— Je vais bien, Aliyah.

— Bon sang, Feriel, pourquoi ne réponds-tu pas à nos appels ? Malek était sur le point de t'envoyer l'armée !

Feriel ne put s'empêcher de sourire à cette idée, tout en espérant que son amie exagérait – ce dont elle n'était pas tout à fait sûre. Le sultan bénéficiait de moyens considérables et bien que Feriel ne fasse pas partie de ses équipes, jamais il ne la laisserait en mauvaise posture.

— Je l'ai rencontré, Ali, enfin !

Un silence lui répondit. Feriel connaissait suffisamment son amie pour savoir que l'émotion avait pris le dessus.

— Comment est-il ? demanda la sultane après quelques instants.

Feriel laissa échapper un rire.

— Eh bien, c'est le portrait de Hassan, mais ça, tu le sais déjà.

Elle se garda d'évoquer la cicatrice qui distinguait les jumeaux. La balafre n'était d'ailleurs pas leur seul point de divergence. Certes, Hassan Knight était sombre mais il émanait de Zakaria une noirceur plus terrible encore, et teintée de mystère.

— Nous quittons Caracas demain.

— Alors il a accepté de te suivre ? fit Aliyah d'une voix surprise.

— Rien ni personne ne me résiste, tu le sais bien, répondit-elle avec une légèreté qu'elle était loin de ressentir.

Car elle doutait de sa propre capacité à lutter contre l'attrait que Zakaria exerçait sur elle.

— N'oublie pas quel homme c'est…

Bien sûr, Aliyah avait perçu son trouble et cherchait à la protéger.

— Zakaria est ton frère, Ali, c'est tout ce que j'ai besoin de savoir aujourd'hui.

— Le même sang coule dans nos veines, c'est vrai. Mais pour le reste… nous sommes encore des étrangers l'un pour l'autre.

— Plus pour longtemps, Ali.

— Méfie-toi de lui, Feriel, je t'en conjure.

Aliyah était la personne la plus sage qu'elle connaisse, or ses avertissements la contrariaient à cet instant. Pour une raison obscure, Feriel n'avait pas envie de penser au tableau qu'on lui avait dressé du Maître de Caracas.

La réputation de Zakaria le précédait en Amérique et au-delà. On le disait sans peur et sans scrupule, peu soucieux des règles ou des conventions. Beaucoup de mystère entourait cet homme dont on se demandait de quel côté de la loi il se trouvait.

Il avait grandi dans le pire bidonville qui soit, un endroit sordide dont il aurait pu ne pas réchapper, compte tenu des innombrables bagarres auxquelles il avait pris part durant sa jeunesse.

Au lieu de sombrer dans le crime ou la mort, Zakaria était parvenu à se hisser très haut dans les affaires. La façon dont il avait réussi à atteindre les sommets relevait de la légende et Feriel espérait bientôt démêler le vrai du faux.

Quand Malek lui avait décrit le personnage, Feriel avait été d'abord furieuse qu'on cherche à tout prix à le ramener à Zmelâa. Elle s'en était ouverte au sultan, lui reprochant d'exposer Aliyah à un homme qui, s'il était l'un des héritiers de la Couronne, n'en était pas moins dangereux.

Puis son amie lui avait fait part de l'histoire des jumeaux bannis du royaume, et là son cœur avait fléchi. Comment aurait-elle pu rester de marbre face à la tragédie qui avait marqué la naissance de Hassan et de Zakaria ?

Deux bébés rejetés par leur propre père et qui avaient été séparés de surcroît, abandonnés à leur triste sort ?

Zakaria était un survivant et Feriel ne souhaitait qu'une chose : l'aider à retrouver la famille et la vie qui lui avaient été si cruellement arrachées.

C'était un écorché, un pirate. Un pirate incroyablement sexy.

— Vas-tu cesser un jour de te faire du souci pour moi ? rétorqua-t-elle avec un soupir.

— Jamais !

Feriel sourit devant la ferveur de son amie.

— Nous nous verrons demain, Ali. Prends soin de toi et surtout, patiente encore un peu pour donner naissance à ton bébé. Je tiens à être dans les parages quand il pointera le bout de son nez.

— Je t'attendrai si tu me promets d'être sage…

— Je le serai, je te le promets.

Quelques instants plus tard, Feriel raccrochait, heureuse d'avoir pu converser avec son amie. Depuis leur rencontre quand elle avait quinze ans et Aliyah, quatorze, toutes deux ne s'étaient plus quittées. Il ne se passait pas un jour sans qu'elles se donnent rendez-vous pour évoquer le passé ou bâtir l'avenir.

Dès son retour à Zmelâa, Feriel continuerait de veiller sur Aliyah comme elle l'avait toujours fait – à la manière d'une sœur. Et elle s'assurerait que la toute nouvelle fratrie de la sultane fasse preuve avec elle de la même bienveillance.

Feriel marcha longtemps dans Caracas, admirant les collines en arrière-plan et la vie qui émanait des rues animées. Cette fois, elle resta dans les quartiers les plus sûrs et laissa les gardes du corps que Malek lui avait octroyés la suivre. Elle avait eu suffisamment peur la veille pour ne plus prendre le moindre risque ou s'aventurer dans le bidonville où Zakaria avait grandi.

Au sein même de la ville, le danger rôdait, mais la vie foisonnait. C'était un mélange étonnant et fascinant.

Ce cadre était si différent de son pays natal ! Tout y était dense, la population, les immeubles, les embouteillages... Des couleurs aux odeurs, Feriel enregistrait chaque sensation. Elle garderait en mémoire ce qui avait contribué à faire de Zakaria l'homme qu'il était aujourd'hui. C'était une façon de le comprendre, peut-être la seule. Car Feriel devait le reconnaître : le prince banni de Zmelâa était une énigme pour elle.

Quand le jour commença à décliner, elle se dirigea vers son hôtel, pour y préparer son bagage et surtout rédiger ses notes, comme elle le faisait chaque soir.

Secrétaire particulière d'Aliyah, Feriel avait appris à se montrer aussi précise dans ses explications que la sultane l'exigeait. Toutes deux avaient le sens du détail et, dès leur rencontre, s'étaient révélées complémentaires. Elles avaient été camarades et amies avant de travailler ensemble. Le jour où Aliyah avait décidé de faire appel à une secrétaire, Feriel s'était portée volontaire, non seulement parce que servir la Couronne était pour elle un but en soi mais aussi parce qu'elle ne concevait pas de métier plus agréable que celui d'assister sa grande amie.

Elle commença par son rapport destiné à la sultane : elle y mentionna sa rencontre étrange avec Zakaria, le mystère qui émanait de lui, leur rendez-vous dans son bureau. La façon dont il ne voulait rien avoir à faire avec sa famille biologique.

Mais c'est à son journal intime que Feriel confia

l'attraction qu'elle avait immédiatement ressentie à son contact et qui ne manquait pas de l'effrayer par sa violence.

Son regard me paralyse, ses baisers me transportent.
Il est l'ombre et la lumière. Le danger et la vie.
Il m'effraye et m'attire tout à la fois.
Je suis perdue.

3.

Zak parcourait les rues sombres du *barrio*, sans but ni repère, ses pensées l'assaillant de toutes parts. C'était à l'heure où le danger était le plus palpable qu'il se sentait le plus libre. Peut-être parce que personne n'osait s'aventurer dans la nuit noire, excepté lui – et la jeune femme intrépide qui venait de bousculer ses repères.

La solitude était sa compagne la plus fidèle, depuis qu'il avait vu le jour : il la haïssait et la chérissait tout à la fois, *elle faisait partie de lui.*

Autrefois, il avait été désespéré de ne trouver personne à qui parler, personne avec qui jouer, personne à aimer. Mais c'était en raison de sa jeunesse et de sa trop grande vulnérabilité. Zak avait mis des années à se défaire de son manteau de tristesse mais heureusement, il avait aujourd'hui acquis une pleine maîtrise de ses émotions.

Jamais plus il ne se laisserait aller à dépendre de qui que ce soit. Il n'attendait rien de personne et s'en portait fort bien. Était-ce cela, le bonheur ? Jouir d'une totale liberté, sans entrave, et mener à bien les projets qui vous font vibrer ?

Dans le travail, Zak trouvait l'épanouissement, tandis que la peinture lui apportait un moment de relâchement nécessaire quand la pression se faisait trop importante. Sans cesse sur le qui-vive, il avait en effet toutes les peines du monde à prendre du repos. Parfois, son corps exigeait qu'il s'arrête et alors il se noyait dans l'oubli entre les bras d'une maîtresse ou un pinceau au bout du poignet.

Il cessait de penser pour ressentir.

Ces moments de lâcher-prise, il les contrôlait. Il décidait quand et par quel moyen il pouvait n'être qu'un homme.

Zak était son propre maître comme il était celui du *barrio* qu'il arpentait en ce moment même.

Pourtant, une chose étrange lui était arrivée. Sa rencontre avec la belle Feriel l'avait troublé plus que de raison. Au point qu'il avait accepté de l'accompagner à Zmelâa, le royaume qu'il abhorrait. Il s'était pourtant juré de ne jamais y mettre un pied !

Qu'y trouverait-il, si ce n'est la certitude qu'il n'avait rien à y faire ?

Cette conviction, par une prouesse qu'il ne s'expliquait toujours pas, Feriel était parvenue à l'ébranler, en évoquant le frère et la sœur qu'il n'avait jamais vus et qui exigeaient maintenant qu'il fasse son apparition. Au moins avait-elle raison sur un point : se confronter à son passé lui permettrait de l'enterrer ensuite.

Et pour toujours.

Durant le vol qui les conduisait à Zmelâa, Zak s'enferma dans sa cabine privée. Il était d'une humeur encore plus sombre que d'ordinaire et craignait d'effrayer Feriel s'il lui tenait compagnie. Ce n'était certainement pas ses idées noires qui adouciraient aujourd'hui les traits de son visage.

Et puis, il doutait de sa capacité à rester à bonne distance d'elle. Or s'il comptait la conquérir, il n'avait pas l'intention de le faire dans un jet secoué par les turbulences.

Malgré l'insistance de Feriel, il avait refusé d'emprunter l'avion royal, préférant son appareil personnel, qui l'avait conduit tant de fois à travers le monde.

Zak voyageait souvent, or il avait rarement connu un vol aussi chahuté. Des perturbations avaient été prévues par son pilote avant le décollage mais elles se révélaient d'une intensité pénible. Il avait toutes les peines du monde à travailler sur son ordinateur portable qui glissait sur son bureau. Lorsque le commandant exigea au micro que passagers et équipage ajustent leurs ceintures, il rangea ses affaires et s'enfonça dans son fauteuil de cuir.

Il avait exploré de nombreux pays mais avait mis un point d'honneur à ne jamais fouler les terres dont il avait été banni. Pour ne pas être tenté d'y jeter un œil, il s'était tenu à distance du continent qui abritait ce royaume du désert au nom mélodieux.

Zmelâa.

Il se dégageait une certaine poésie de ces deux syllabes, de la *beauté*. Souvent, il les faisait siffler entre ses lèvres pour goûter à leur saveur, mesurer leur suave hypocrisie. La langue peut être si trompeuse… Pour lui, son pays d'origine serait toujours synonyme d'abandon, quand bien même on lui envoyait son plus séduisant argument pour le convaincre d'y voir autre chose qu'un lieu de désolation.

Un trou d'air fit tanguer l'appareil. Zak agrippa l'accoudoir tout en jetant un œil à travers le hublot. La tourmente dehors était au diapason de celle qui se jouait en lui. Mais curieusement, il était moins inquiet des éléments déchaînés que des émotions qui l'assaillaient.

Bon sang ! Pas question de flancher maintenant. Il inspira profondément pour calmer ses nerfs mis à rude épreuve ces derniers jours.

Une nouvelle secousse accentua son malaise. Il était temps pour lui de s'assurer que Feriel allait bien. La jeune femme était probablement terrorisée par les turbulences.

Bien qu'il ne fût pas autorisé à se lever, il détacha sa ceinture et gagna à la hâte le salon du jet, où elle était installée. À sa grande surprise, il la trouva paisiblement endormie. Alors il s'assit dans le fauteuil qui lui faisait face pour mieux l'observer et comme il avait l'habitude de le faire, plaça le menton dans sa main pour dissimuler la partie meurtrie de son visage.

Les yeux clos sur l'audace qui la caractérisait, Feriel ressemblait à un ange. De son chignon haut, quelques mèches brunes s'étaient échappées et il dut lutter contre l'envie d'y glisser un doigt. Quant à ses lèvres, il connaissait leur douceur…

À quel point était-elle innocente ? se demanda-t-il, aiguillonné par le désir. Elle avait réagi avec passion au baiser qu'il lui avait volé, avant de le repousser. La façon dont Feriel cherchait à lui résister ne pouvait qu'attiser le feu qui l'animait. Comme il le lui avait dit, Zak aimait les défis. L'attraction entre eux était si forte – et réciproque – qu'ils finiraient par y céder, cela ne faisait aucun doute.

Le temps ferait son office et par chance, il était un homme patient.

Feriel sentait le regard de Zakaria posé sur elle. Elle avait fermé les yeux pour apaiser son malaise lié aux turbulences, mais cela ne suffisait pas, hélas.

— C'est de loin le pire voyage que j'aie pu faire, dit-elle en ouvrant les paupières.

Il lui sourit et son cœur fit un nouveau soubresaut, qui n'avait rien à voir cette fois avec les conditions climatiques.

— Tu voyages souvent ? demanda-t-il, l'air étonné.

Il avait habilement placé ses doigts sur sa cicatrice et elle regretta qu'il cherche à lui cacher une partie de lui.

— Chaque fois que possible !

— Ah oui ? Et puis-je te demander *pourquoi* ?

— Comment cela, pourquoi ?

Il haussa les épaules.

— Eh bien, on ne voyage pas sans raison.

Elle marqua un silence, incrédule. C'était bien la première fois qu'on interrogeait ses motivations à ce sujet.

— N'est-il pas naturel de vouloir découvrir le monde ?

Il rit.

— C'est tout sauf naturel ! La plupart des gens passent leur vie au même endroit, tu sais.

Elle réfléchit quelques instants.

— Sans doute n'ont-ils pas la possibilité d'aller au-delà de ce qui constitue leur univers…

— Ou l'envie ?

Feriel sonda les yeux émeraude. À quelle catégorie cet homme appartenait-il ? Son premier voyage lui avait été imposé par la force mais depuis, qu'avait-il fait de sa liberté ?

— Seriez-vous du genre casanier, Zakaria ?

— Je voyage pour les affaires.

— Vous ne répondez pas à ma question.

— Pour être casanier, encore faut-il avoir un chez-soi digne de ce nom. Un endroit où l'on se sente bien.

— Vous disposez d'une maison grandiose, d'après ce que je sais.

Il hocha la tête.

— La plus grande villa de Caracas ! déclara-t-il avec fierté. Je l'ai fait construire au cœur du *barrio*, à l'endroit exact où j'ai été trouvé.

Son visage s'était durci brusquement et Feriel regretta de l'avoir poussé dans ses retranchements.

— L'aimez-vous, cette maison ? ne put-elle s'empêcher de demander.

Il tourna la tête vers le hublot, comme pour lui signifier la fin de leur conversation.

— Je la déteste.

C'était la première fois que Zak formulait à haute voix pareil aveu. Le regard perdu dans la brume, il songea à ce lieu unique et grandiose qui constituait son foyer. Bien sûr, Feriel ne pourrait pas comprendre la relation qu'il entretenait avec la Casa Miralez. Cette bâtisse construite dans le *barrio* était une splendeur. De ses fenêtres il disposait d'une vue imprenable sur la ville, *sa ville*.

Il en avait lui-même imaginé les plans, bien avant d'avoir les ressources pour la réaliser.

Parce qu'il avait écumé les orphelinats, posséder une maison avait été son rêve d'enfant, son unique objectif d'adolescent. Il avait économisé chaque sou trouvé, gagné à la sueur de son front, parfois mendié. La façon dont il avait acquis ses biens n'avait pas toujours été glorieuse mais dans son monde, seul le résultat comptait.

À la faveur du hasard – et d'efforts non négligeables –, Zak avait pu échapper à la malédiction qui pesait sur lui depuis sa naissance. Jamais il ne remercierait assez l'homme qui l'avait pris sous son aile un soir d'orage, alors qu'il était âgé de seize ans.

Ce jour-là, Zak ignorait faire les poches du parrain du *barrio* quand ses hommes de main lui étaient tombés dessus. La cicatrice à sa joue était le souvenir cuisant de cette rencontre qui avait changé son existence. Alors que Zak croyait sa dernière heure arrivée, le *señor* Andrés s'était interposé et à sa grande surprise, l'avait invité chez lui. Le lendemain, Zak s'installait dans la propriété de l'homme le plus redouté du Venezuela.

Contrairement à ce qu'on imaginait, Andrés ne l'avait pas mêlé à ses combines. Il avait vu en Zak un moyen de se racheter des méfaits qu'il avait commis au cours d'une vie qui touchait à sa fin. Sa rédemption. Sans jamais rien exiger de lui autre chose qu'une pure loyauté filiale, il l'avait nourri, blanchi, instruit.

Zak avait passé cinq années d'insouciance. Quand on est sûr de manger, les problèmes deviennent plus légers.

Puis un jour, Andrés était mort et tous avaient alors découvert avec stupéfaction qu'il avait fait de Zak son unique héritier. C'est ainsi que le gamin des rues était devenu le Maître de Caracas.

Bien qu'il ait hérité du domaine, Zak avait tenu à

bâtir sa propriété, celle dont il avait rêvé si longtemps. Durant les travaux, il s'était rendu chaque jour sur le chantier. Il avait mis la main à la pâte, planté des arbres sur le terrain – des merveilles luxuriantes tendues vers le ciel qui lui évoquaient la liberté.

Quelques mois plus tard, il avait ressenti une jouissance intense au moment de poser lui-même la dernière pierre à cet édifice, qui prouvait aux yeux du monde que l'on peut échapper à son destin. Devenir un autre, celui que l'on veut être.

Enfin, la Casa Miralez était achevée. Elle portait le patronyme qu'il s'était inventé, faute de connaître ses origines.

Zak en avait été comblé et l'instant d'après, désespéré. Car cette villa qui était le reflet de son âme, il n'avait personne avec qui la partager.

Il aurait pu la remplir de monde, bien sûr. Tant de gens gravitaient autour de lui. Mais le lieu était bien trop intime pour qu'il y invite qui que ce soit. Il avait été le premier surpris quand le jour de sa rencontre avec Feriel, il avait suggéré d'y conduire la jeune femme. En effet, aucune de ses maîtresses n'avait franchi le haut portail.

Or malgré l'attrait qu'elle exerçait sur lui, Feriel ne serait jamais pour lui autre chose qu'une conquête de passage – et il serait fou de l'oublier ne serait-ce qu'un instant.

Il se tourna vers elle. Visiblement peu encline à briser le silence qu'il avait instauré entre eux, elle lui adressa un sourire lumineux.

Elle était aussi solaire qu'il était sombre. À cet instant, il l'aurait volontiers chavirée sur son fauteuil pour puiser en elle un peu de cette énergie vitale qu'elle exsudait – et dont il aurait bientôt tant besoin.

Au lieu de cela, il se contenta de poser une main sur la sienne, tandis que le pilote annonçait un atterrissage imminent.

La main de Zakaria était douce contre la sienne, et chaude comme le désert qui s'étendait à perte de vue sous le jet amorçant sa descente.

Feriel sentit l'émotion la gagner, toute à son bonheur de retrouver Zmelâa, les dunes familières, les couleurs d'une nature immuable et sauvage. L'avion surplomba la mer, puis la vaste palmeraie où elle avait joué tant de fois avec ses frères.

Enfin le palais apparut à l'horizon. Son dôme doré, réalisé par le plus grand architecte de la région, faisait la renommée de ce lieu historique. Elle y était entrée quand son père avait été nommé conseiller du sultan et depuis ce jour, il était devenu son lieu de vie puis son lieu de travail.

Son refuge.

— Te voilà de retour chez toi, Feriel, murmura Zakaria à son oreille.

Cet homme avait-il le don de lire dans ses pensées ?

Elle prit le temps d'observer son profil majestueux, qui évoquait tant celui de la famille royale à laquelle il avait été cruellement arraché.

— Zmelâa est mon pays, c'est aussi le vôtre.

Mue par une impulsion, elle retira sa main de la sienne pour la poser avec délicatesse sur la joue qu'il cherchait à lui cacher.

— Soyez fier de l'homme que vous êtes, ajouta-t-elle en rivant son regard au sien. Au nom de la Couronne, je vous souhaite la bienvenue en votre royaume, prince Zakaria.

4.

Il y a longtemps, Zak s'était fait à l'idée de ne pas avoir de famille. Le jour où il avait découvert ses origines, il avait *choisi* de les ignorer.

Et voilà qu'il était sur le point de rencontrer le frère et la sœur qu'il n'avait jamais vus.

À peine était-il descendu de l'avion qu'il l'aperçut : Hassan.

Il était accompagné d'une jolie jeune femme au ventre rond – et d'une horde de gardes du corps qui se tenaient quelques mètres plus loin. Les soldats de la Couronne étaient-ils toujours aussi nombreux ou leur présence était-elle liée à son arrivée ? Sans doute sa réputation d'homme dangereux l'avait-elle précédé…

Gagné par un profond malaise, il se tourna vers Feriel qui, d'un geste de la main, l'invita à avancer.

— Il vous attend, Zakaria. Depuis toujours.

Alors, dans une sorte de brouillard, Zak mit un pied devant l'autre, jusqu'à rejoindre son double.

— Hassan, dit-il simplement quand il fut à sa hauteur.

— Mon frère.

L'instant d'après, son jumeau le prenait dans ses bras. Combien de temps Zak resta-t-il ainsi, immobile, contre cet étranger qui avait les mêmes traits que lui ?

Une chose est sûre, quand l'étreinte se desserra enfin, il en ressentit un profond soulagement.

Sans le lâcher, Hassan avait placé ses mains de chaque côté de ses épaules et le dévisageait à présent.

— Te rencontrer est l'expérience la plus troublante que j'aie jamais faite, avoua-t-il. J'ai l'impression de me trouver face à un miroir.

Zak aurait pu dire la même chose. Hassan et lui se ressemblaient tant… Il le savait depuis qu'il avait lu tous les articles évoquant le Prince de New York. Il avait passé des heures à regarder en détail les photos de son frère. Toutefois, c'était une sensation très différente d'*éprouver* lui-même ce dédoublement.

La raison pourtant l'incitait à la prudence. Ils ne partageaient rien d'autre qu'un visage et une humeur sombre. Et encore… Il lui semblait soudain que le regard dur de son jumeau de papier s'était adouci. Zak en comprit la raison lorsque Hassan se tourna vers sa compagne.

— Je te présente Nesrine, mon épouse.

Il y avait une telle fierté dans ces paroles ! Une telle ferveur, aussi.

— Je suis enchantée de faire votre connaissance, Zakaria, fit la jeune femme en s'inclinant légèrement devant lui.

Zak gardait le silence. En fait, il n'avait aucune idée de ce qu'il était censé dire ou faire. Lui qui d'ordinaire maîtrisait tout était soudain désemparé.

— Aliyah est impatiente de vous rencontrer, poursuivit Nesrine. Seulement, une urgence la retient au palais.

Feriel fit un pas vers eux.

— Le bébé ?

Hassan se mit à rire.

— Notre nièce ne devrait pas tarder à faire son entrée dans le monde. Sans doute veut-elle célébrer nos retrouvailles. Les médecins ont exigé d'Aliyah qu'elle se repose avant la naissance.

« Notre nièce ». « Nos retrouvailles ».

Ces mots sonnaient si curieusement aux oreilles de Zak. Car il n'y avait jamais eu de « nous » dans sa vie.

Lui qui avait grandi si seul se retrouvait brutalement affublé d'une famille. Une famille dont il ne savait rien si ce n'est qu'il n'avait rien de commun avec elle.

Sa sœur Aliyah était née dans ce palais digne des contes des *Mille et Une Nuits* et qu'il apercevait au loin. Elle était la sultane de Zmelâa ! Quant à son frère Hassan, il avait été élevé par l'une des plus riches familles de New York et, bénéficiant de cet héritage hors du commun, il était devenu un homme d'affaires puissant et renommé.

Zak n'avait pas sa place dans ce monde-là. Il avait grandi à la dure, dans la rue et en portait encore les stigmates. Comment pourrait-il se prêter à cette comédie des retrouvailles ? Avec cette famille qui l'avait méprisé jusqu'à le bannir de ce palais irréel ?

— Je n'aurais pas dû venir, déclara-t-il simplement.

Et il tourna les talons. Zak eut tout juste le temps de croiser le regard perdu de Feriel, avant de quitter ses hôtes. D'un geste de la main, il leur somma de ne pas le suivre. Peu importait où le mèneraient ses pas, il avait besoin d'être seul.

Feriel aurait suivi Zakaria si Nesrine ne l'en avait pas empêchée. Elle devinait une telle détresse en lui, sous sa colère manifeste.

— Laisse-le, fit son amie en la retenant par le bras.

Incrédule, Feriel se tourna vers Hassan qui hocha la tête.

— Nous avons eu des mois pour nous préparer à cette rencontre. Zakaria n'a disposé que de quelques heures.

Ils avaient raison, bien sûr, pourtant Feriel eut le sentiment d'avoir failli à sa mission.

— Merci de l'avoir conduit jusqu'ici, Feriel, poursuivit le prince. Vous me ferez parvenir votre rapport, je vous prie, avant de vaquer à vos occupations habituelles.

Elle secoua la tête.

— Permettez-moi d'abord d'essayer de le ramener à de meilleures dispositions, prince Hassan. Je suis certaine de pouvoir gagner sa confiance.

En réalité, elle doutait d'en être capable. Zakaria n'était pas homme à se laisser amadouer facilement.

Et puis, avait-elle le droit d'exiger de lui qu'il ouvre son cœur à sa fratrie ? Était-ce juste ? Les liens du sang étaient-ils indéfectibles ?

Après tout, Zakaria avait passé trente ans loin des siens, il s'était construit sans eux. Un océan l'avait séparé de son royaume… Et voilà qu'on lui demandait soudain d'embrasser le destin dont on l'avait privé. On attendait de lui qu'il endosse un rôle dont il ne savait rien – celui de prince !

Tandis qu'elle voyageait vers Caracas à la recherche du cheikh disparu de Zmelâa, Feriel avait été persuadée d'agir pour le mieux. Elle avait cru qu'il lui suffirait de révéler à Zakaria ses origines pour qu'il prenne le premier vol en direction du désert, le cœur en liesse, pressé de rencontrer sa sœur et son frère jumeau !

Or rien ne s'était déroulé comme prévu. Non seulement

Zakaria était déjà au courant de son illustre ascendance mais surtout, il lui avait clairement signifié son refus d'entrer en contact avec la famille royale de Zmelâa, quand bien même il s'agissait de *sa* famille.

Que devait-elle faire, à présent ?

— Je pars à sa recherche, dit-elle à Hassan et Nesrine. Surtout, prévenez-moi sur mon portable si le bébé d'Aliyah arrive !

— Entendu, merci pour votre engagement, Feriel.

Comme Hassan faisait signe à deux gardes de la suivre, elle secoua la tête.

— J'irai seule.

Il fronça les sourcils.

— J'ignore qui est mon frère et de quoi il est capable.

— Je l'ignore aussi, mais je suis au moins certaine d'une chose : jamais il ne me ferait le moindre mal.

Et sans attendre l'assentiment du prince, Feriel prit la direction que Zakaria avait empruntée un peu plus tôt.

Sans la moindre hésitation, Feriel traversa le vaste parc du palais, puis la forêt. Elle s'enfonçait maintenant à travers une végétation plus dense et luxuriante, où se mêlaient plantes grasses et aromatiques, fleurs chatoyantes et odorantes.

Zmelâa était un paradis sur terre et bien qu'elle ait le goût du voyage, elle y revenait toujours. Explorer le monde renforçait chaque fois son attachement au pays qui l'avait vue naître.

Guidée par son seul instinct, elle quitta l'ombre des grands arbres pour gagner une étendue de sable chaud qu'elle connaissait fort bien. Déjà, le murmure des vagues lui parvenait.

Soudain, la mer apparut à l'horizon et devant elle, la silhouette de l'homme qu'elle recherchait. Après avoir ôté ses sandales, elle avança vers lui.

Concentré sur le spectacle que lui offrait la grande bleue, il ne la vit pas approcher.

— C'est mon endroit préféré sur terre, fit-elle quand elle l'eut rejoint.

Il se tourna vers elle, l'air surpris de la découvrir à son côté. Puis il ferma les yeux, offrant son visage aux rayons du soleil.

Elle l'imita, étrangement émue de partager le secret de son bonheur avec lui.

— Quand j'étais petite, je venais confier mes malheurs à l'océan. Il me répondait et je me sentais tout de suite beaucoup mieux…

— Tu étais malheureuse ? fit la voix de Zakaria.

Elle ouvrit les paupières. Il l'observait, l'air inquiet.

— J'ai passé une enfance idyllique, répondit-elle avec un sourire. Simplement, il m'arrivait d'étouffer chez moi, entre mon père et mes quatre frères, tous très protecteurs…

Elle regretta aussitôt ses paroles.

— Je mesure ma chance d'avoir bénéficié de toute cette attention, ajouta-t-elle aussitôt.

Sa famille envahissante avait toujours été présente pour elle et Feriel comprenait mieux aujourd'hui les raisons pour lesquelles on l'avait ainsi couvée.

— Après la mort de ma mère, tous se sont ligués pour prendre soin de moi. J'étais la plus jeune, la plus sensible. On a craint que l'absence de figure maternelle ne soit un fardeau trop dur à porter pour moi. Alors chacun a fait ce qu'il a pu pour combler ce vide laissé dans notre maison et dans nos cœurs, surtout.

— Quel âge avais-tu quand ta mère est partie ?

— Six ans.

— Un âge bien tendre.

Elle riva son regard au sien.

— Je ne prétendrai pas le contraire. Surtout face à vous…

À l'âge où ses frères la noyaient sous les recommandations, Zakaria était livré à lui-même, Dieu sait où.

— Vous arrive-t-il de vous demander quelle aurait été votre vie, si vous aviez grandi ici, à Zmelâa ? ne put-elle s'empêcher de demander.

Il haussa les épaules.

— À quoi bon ?

— Eh bien, parce que je crois au destin, j'essaye de comprendre quel chemin est le vôtre.

Il laissa échapper un rire amer.

— Tu es trop romantique, Feriel. Mon existence ne suit pas une voie toute tracée ou ce que tu nommes le destin. Elle est une succession de luttes ; une malédiction.

Elle frémit, tandis qu'il poursuivait :

— En ce moment même, je lutte de toutes mes forces pour ne pas t'embrasser.

— Parfois, il faut savoir rendre les armes, répondit-elle, le cœur battant. Embrasse-moi…

Il n'en fallut pas davantage pour que Zakaria joigne ses lèvres aux siennes.

Rendre les armes ? Zak préférait de loin prendre le commandement. En une fraction de seconde, il fondit sur Feriel, insufflant sa force à ce baiser au goût salé. L'air de la mer les enveloppait tout entiers.

— Ne t'ai-je pas dit de me fuir ? fit-il en rompant leur étreinte.

Pour toute réponse, elle se lova contre lui et il se demanda fugacement qui de lui ou d'elle avait gagné la bataille.

Leurs langues se liaient de la plus intime façon qui soit, au rythme des vagues qui venaient s'échouer à leurs pieds nus. La sensation, délicieuse, fouetta son désir.

— Cette crique est-elle aussi déserte qu'il y paraît ?

Une lueur de passion traversa les beaux yeux de Feriel.

— Nous sommes seuls…

Zak sourit avant de renverser sa compagne sur le sable brûlant. Aussitôt après, il libérait ses beaux cheveux de leur chignon pour y enfouir ses doigts, comme il avait rêvé de le faire.

Puis il déposa une pluie de baisers le long de sa gorge, déboutonnant au passage le chemisier blanc qu'elle portait – bien trop strict pour la circonstance. Le soutien-gorge en dentelle retint bientôt toute son attention. Il en dessina le contour du pouce, jusqu'à voir un téton poindre sous le vêtement. Incapable de résister plus longtemps, il exposa le mamelon pour mieux le capturer de sa bouche.

— Zakaria…

Elle avait fermé les yeux, à son grand soulagement. Bien qu'elle le couvât toujours d'un regard appréciateur, Zak n'avait pas l'habitude d'être observé, réellement *vu*.

Déjà, il poursuivait sa lente exploration, jouant avec ses seins de sa langue, de ses mains.

Subjugué par la douceur de sa peau, il acheva de lui

ôter son corsage et le tissu qui recelait ses charmants atours.

Elle ouvrit alors les paupières, les joues rosies.

— Retire ta chemise aussi, souffla-t-elle.

Il hésita un instant, puis s'exécuta avec une lenteur délibérée.

Jamais Feriel n'avait éprouvé pareil désir. Elle qui se croyait immunisée contre la séduction masculine était à deux doigts de perdre la raison.

L'homme qui se tenait au-dessus d'elle était si beau. Ses cheveux noirs étaient ébouriffés par le vent, ses lèvres pleines rougies par le baiser qu'ils venaient de partager. Sa virilité brute la rendait folle, tout simplement.

Quand il fit voler sa chemise derrière lui, elle resta un moment captive de ce torse tout en muscles, recouvert d'une toison brune qui courait jusqu'à la ceinture de son pantalon.

Plusieurs cicatrices marbraient sa peau, au niveau d'une épaule d'abord puis de son abdomen. La plus large descendait de sa clavicule jusqu'à son cœur. Comme Feriel lui passait les mains dans le dos, elle en sentit deux autres sous ses doigts.

Elle interrogea Zakaria du regard, bouleversée d'imaginer les épreuves qu'il avait dû traverser.

— Souvenirs de jeunesse…

Cet homme était un survivant, elle ferait bien de ne pas l'oublier. Pourtant à cet instant, Feriel était incapable du moindre discernement. Perdue dans les brumes d'un plaisir intense et inédit, elle ne souhaitait qu'une chose : goûter à la passion entre ses bras.

Alors elle l'attira à elle, savourant la chaleur de sa peau contre la sienne.

De sa bouche, il titillait à présent ses tétons durcis par le désir, tandis que ses mains couraient partout sur elle. Il marqua une pause, le temps de lui enlever sa jupe étroite. Dernier rempart de sa nudité, sa culotte glissa bientôt le long de ses cuisses.

Offerte au regard de Zakaria, Feriel était envahie par une multitude de sensations exquises. Et quand il pressa une main sur le cœur de sa féminité, elle laissa échapper un long soupir de pur plaisir, l'invitant à poursuivre son audacieuse caresse.

Ce qu'il fit.

Toute à son bonheur, Feriel sentait monter en elle les vagues d'une volupté insaisissable et si proche… Enfin, ravie par cette délicieuse torture, elle s'abandonna à l'extase, dans un cri et pour la première fois.

Quand elle rouvrit les yeux, Zakaria lui souriait. Derrière lui, le soleil faisait miroiter ses cheveux d'un éclat pur. L'homme de l'ombre était plus beau encore en pleine lumière.

Enhardie par l'expérience qu'elle avait faite, Feriel se redressa pour déboutonner le pantalon de Zakaria. Elle le voulait nu. Elle le voulait tout à elle.

Ses doigts tremblaient, pourtant elle parvint à faire tomber le vêtement et le boxer d'un même mouvement.

Alors il lui apparut dans toute sa splendeur.

— Viens, dit-il en l'aidant à se relever.

Déjà, il l'entraînait vers la mer.

Serrée contre Zakaria dans l'eau limpide qui leur arrivait maintenant à la taille, Feriel aurait aimé que ce moment dure toujours. Elle l'embrassa, encore et encore, étonnée par sa propre audace.

Comme il la soulevait par les fesses, elle enroula ses jambes autour de ses hanches. Le sexe de Zakaria palpitait contre son ventre. C'était le moment le plus érotique de sa vie.

— Je suis vierge, avoua-t-elle à son oreille.

Il desserra aussitôt son étreinte pour la contempler avec consternation.

Le charme était rompu. Déjà, elle regrettait d'en avoir trop dit.

— Je suis désolé, fit-il en la reposant doucement, comme si elle allait se briser. Je n'avais pas idée…

Bon sang ! Après lui avoir offert son premier orgasme, voilà qu'il osait s'excuser…

Elle l'avait cru différent, mais Zakaria se comportait comme n'importe quel homme, en prenant une décision à sa place ! Celle d'interrompre leurs ébats.

— C'est moi qui suis désolée.

Gagnée par la colère, humiliée de lui avoir fait confiance, elle sortit de l'eau dans le plus simple appareil pour regagner la plage. Sans se préoccuper de tremper ses vêtements, elle se rhabilla à la hâte.

Alors, elle jeta un dernier regard à Zakaria, qui était demeuré dans l'eau. Son corps sculptural luisait dans l'immensité bleue.

Elle garderait à jamais en mémoire ce tableau, ainsi que ces instants d'abandon où elle était tombée amoureuse.

5.

Zak cumulait les erreurs.

Pour commencer, jamais il n'aurait dû écouter ses instincts et embrasser Feriel. Leur étreinte à Caracas n'avait été que le prélude de la scène qui s'était jouée sur la plage et dont il avait été l'acteur principal et insensé.

Comment donc avait-il pu perdre son si précieux contrôle ?

En matière de femmes, il se targuait de rester toujours maître de la situation. Il choisissait ses maîtresses et le moment de mettre fin à une relation nécessairement brève.

Cette fois pourtant, il devait le reconnaître, c'est Feriel qui avait mené la bataille. Ou la danse, plutôt, car c'est avec agilité et douceur qu'elle l'avait poussé hors de ses retranchements.

Face à cette jeune femme franche et intrépide, il n'avait pas su garder ses distances quand tout indiquait qu'elle était une menace pour lui. Le seul fait qu'elle représente la couronne de Zmelâa aurait dû l'inciter à la prudence. Or, au lieu de la renvoyer d'où elle venait, il avait décidé de la conquérir.

Cette première erreur de jugement l'avait conduit à la seconde, bien plus grave encore : il avait suivi Feriel ici même, dans ce palais honni !

Pire, il s'enlisait dans cette folle aventure. Alors que se croyant revenu à la raison, il aurait dû remonter dans son jet et filer loin du royaume, il s'y était installé, comme on l'avait invité à le faire.

Sa vie, celle qu'il avait mis des années à bâtir à Caracas, venait de voler en éclats, brisée par ce retour fracassant aux origines. En effet, Zak nageait en pleine confusion. Quoi d'étonnant à cela, alors qu'il venait de se confronter à son passé ?

Quel choc cela avait été pour lui, de se retrouver face à son jumeau ! Une version si proche et en même temps si différente de lui-même. Il avait imaginé tant de fois cette scène. Bêtement, il avait cru qu'il lui suffirait de rencontrer Hassan pour établir un lien avec lui. Or cette *reconnaissance* n'avait pas eu lieu. Devant son *alter ego*, Zak s'était senti plus seul que jamais, comme privé de son âme.

Non seulement il ne connaissait pas Hassan mais depuis leur face-à-face, il doutait de sa propre identité. Qui était-il réellement ? Au Venezuela, il s'était forgé un nom que tous respectaient. Dans ce royaume du désert, le titre de prince dont on l'affublait lui était insupportable. Quelques instants plus tôt, il avait chassé avec colère un domestique qui avait osé lui faire la révérence. La révérence ! À lui, qui avait été trouvé dans un couffin au beau milieu d'un sinistre bidonville. À lui, qui avait crevé de faim, volé pour subsister, participé à toutes sortes de bagarres plus ou moins légitimes…

Plus jeune, Zak avait été flatté qu'on le surnomme le Maître de Caracas. Parti de rien, il avait atteint les sommets. Mais ici, on pouvait bien se courber devant lui en évoquant Sa Majesté, il resterait l'héritier banni de la Couronne. Celui qu'on avait rejeté pour la faute suprême qu'il avait commise : naître.

Comment pourrait-il aujourd'hui accepter d'être traité en prince, quand son propre père l'avait chassé de la sorte ? Comment pourrait-il endosser le rôle de cheikh, alors que sa mère n'avait jamais été considérée autrement que comme la maîtresse adultère du sultan de Zmelâa ? Elle était morte peu de temps après avoir donné naissance aux enfants du souverain et Zak ne pouvait s'empêcher de penser qu'il avait causé sa perte, d'une manière ou d'une autre.

S'il concevait que sa fratrie n'était pas responsable de ses maux, il n'arrivait pas à établir une connexion avec elle. Au fond, Hassan et Aliyah étaient les liens qui le rattachaient encore à cette famille détestée depuis toujours. Des liens qu'il avait essayé de couper – en vain.

La malédiction l'avait rattrapé. À moins qu'il ne s'agisse du destin, comme Feriel pensait à le croire ?

Feriel... Elle occupait toutes ses pensées lorsque celles-ci n'étaient pas tournées vers la famille qu'il venait de rencontrer... Sa beauté, sa douceur, la façon dont elle avait réagi à ses caresses sur la plage – elle était bien trop tentante pour sa tranquillité d'esprit.

Zak peinait à comprendre sa réaction après qu'ils avaient manqué faire l'amour. Était-elle... *déçue* qu'il ne l'ait pas déflorée en pleine mer ? Bon sang ! Il n'était pas un barbare, bien qu'il en eût l'apparence. Il passa les doigts sur sa cicatrice où elle avait jeté un regard si doux. Peut-être aurait-il dû prendre ce qu'elle lui offrait avec tant de candeur ?

Non, Feriel méritait mieux qu'une étreinte sauvage, pour sa première fois... Elle méritait un amant patient et attentif et pour une nuit – une seule – il serait trop heureux de lui faire découvrir les délices du sexe.

Mais pourrait-il se contenter avec elle d'une liaison éphémère, alors qu'il imaginait déjà mille façons de la faire jouir ? Bien qu'elle ait paru furieuse contre lui, il n'aurait aucun mal à la guider jusqu'à son lit. Ce n'était qu'une question de temps : le désir entre eux était si vif !

Nue, elle était tout simplement éblouissante, la perfection incarnée. Penser à elle en tenue d'Ève lui procura soudain une érection aussi intense que malvenue. Pressé de recouvrer son calme, il se dirigea vers la salle de bains pour rafraîchir ses ardeurs.

La suite qu'on lui avait octroyée était à l'image du palais : royale. Un grand lit à baldaquin trônait au milieu d'une vaste chambre richement meublée et ouverte sur une terrasse avec vue sur les jardins du palais. En arrière-plan, on distinguait la mer.

Zak pénétra dans la cabine de douche immense et tout en mosaïques bleutées. Quel dommage que Feriel n'y soit pas en ce moment même avec lui. Sous le jeu brûlant, il songeait encore au moment où il l'initierait au plaisir – ce qui ne fit rien pour apaiser son trouble.

Alors il ferma les yeux et, faisant rouler le prénom de Feriel sur sa langue, il soulagea son corps tendu à l'extrême.

Feriel ne décolérait pas. En fait, elle était davantage furieuse contre elle-même que contre Zakaria.

Bon sang ! Elle était une femme intelligente et, depuis toujours, s'efforçait de se conduire avec sagesse. Loin d'être aussi spontanée qu'on voulait le croire, elle était plus réfléchie aussi que ses frères l'imaginaient.

Pourtant, chaque fois qu'elle se trouvait en présence de Zakaria, elle oubliait toute prudence et incapable de prendre les bonnes décisions, se jetait dans ses bras ! Elle qui avait résisté à la séduction de tant d'hommes se trouvait, face au cheikh de Zmelâa, *démunie*.

Deux jours s'étaient écoulés depuis leur tête-à-tête sur la plage et elle ne parvenait pas à penser à autre chose qu'à ce qui aurait pu se passer entre eux, si Zakaria n'y avait pas mis un terme d'une odieuse façon.

Il lui fallait au plus vite remettre de l'ordre dans ses idées et pour cela, rien de tel qu'une joute verbale avec le plus grand des enquiquineurs.

Un sourire aux lèvres, elle composa le numéro de Jalil, l'aîné de ses frères, qui décrocha à la première sonnerie.

— Bonjour, petite sœur. Je commençais à croire que tu m'avais oublié !

— T'oublier ? répondit-elle en riant. Et comment le pourrais-je, alors que tu m'envoies cinq textos par jour ?

— Cinq textos auxquels tu ne réponds pas !

Feriel soupira.

— Je suis désolée… J'ai été très occupée, ces derniers temps.

— La sultane ? s'enquit-il.

— J'attends des nouvelles d'Aliyah d'un moment à l'autre. Elle se trouve avec les médecins du palais : le bébé est en route, Jalil !

— C'est merveilleux, petite sœur. Les enfants sont la richesse de la vie.

Jalil était devenu père récemment, ce qui l'avait

considérablement assagi. Chaque fois qu'elle le pouvait, Feriel se rendait chez lui pour profiter de son petit neveu.

— Et toi, tentée par la maternité dans un avenir proche ? ajouta-t-il, perfide.

Elle leva les yeux au ciel. C'était une réplique si souvent entendue déjà… Ses frères ne manquaient pas d'ambivalence à ce sujet. D'un côté, ils évoquaient sans cesse celui qui prendrait soin d'elle et les délesterait de cette responsabilité. De l'autre, ils étaient prêts à en découdre avec quiconque l'approchait de trop près.

— Pour cela, il faudrait déjà que j'aie rencontré un homme, rétorqua-t-elle d'une voix altérée.

Le visage de Zakaria s'était insinué dans ses pensées. Son traître de cœur, lui, s'était mis à battre furieusement.

— Tu as quelque chose à me dire, petite sœur ?

Jalil avait toujours été très perspicace. Raison pour laquelle elle se tournait vers lui, chaque fois qu'elle avait besoin de s'épancher.

— Non, je voulais simplement entendre ta voix. Et vous embrasser, toi, Baïa et le petit Badis.

Son frère marqua une pause avant de répondre.

— Je suis là pour toi, Feriel, tu le sais, n'est-ce pas ?

— Bien sûr. Prends soin de toi, Jalil, je te rappelle bientôt.

Rassérénée, elle raccrocha. Au même moment, un SMS lui parvenait.

Aliyah demande à te voir. Elle a une grande nouvelle à t'annoncer.

Malek

Feriel laissa échapper un cri de joie. Le bébé était né !

Ses sombres pensées envolées, elle se précipita hors de sa chambre pour gagner l'aile royale.

Une salle de naissance médicalisée avait été installée à proximité des appartements de la sultane. Dotée des équipements les plus performants, elle était dirigée par le meilleur obstétricien du royaume.

Parce qu'elle était la secrétaire d'Aliyah mais aussi sa meilleure amie, Feriel s'était assurée en personne que tout serait à sa place le jour où la future héritière de la Couronne se déciderait à naître. Le matin même, elle avait encore échangé au téléphone avec l'équipe soignante.

Comme elle tournait au bout du long couloir qui la mènerait bientôt à Aliyah, elle s'arrêta net. Un homme se tenait devant la chambre de la sultane.

Zakaria.

Feriel sentit les battements de son cœur s'accélérer et s'en voulut aussitôt. Il lui fallait recouvrer l'attitude professionnelle dont elle n'aurait jamais dû se défaire.

— Cheikh Zakaria, fit-elle en approchant.

Il lui jeta un regard noir.

— Ne m'appelle pas comme ça. Pas toi, *Feriel.*

Son prénom sur ses lèvres était toujours si érotique… Cherchait-il à la rendre folle à dessein ?

— Je suis au service de la Couronne, et vous êtes le prince de Zmelâa.

Un rictus de colère déforma son visage et elle regretta de l'avoir ainsi provoqué. D'autant qu'elle comprenait ses réticences à endosser le titre d'héritier dont on l'avait privé si longtemps.

Au bout d'un long silence, elle capitula.

— Que fais-tu là, *Zakaria* ?

Ses traits s'adoucirent aussitôt, à son grand soulagement.

— Je me le demande... En fait, Hassan m'a convaincu de le rejoindre ici, afin de présenter mes félicitations à Aliyah. Il se trouve dans la chambre avec la sultane.

Feriel sourit.

— Alors tu vas enfin la rencontrer ! Ta sœur...

Il soupira.

— Il semblerait, en effet. Mais toi, que fais-tu là ? Je n'imaginais pas que la secrétaire particulière de la reine serait admise auprès d'elle si tôt après son accouchement...

— Je ne te l'ai pas dit ? Aliyah de Zmelâa est ma meilleure amie depuis l'enfance.

Il parut surpris. Peut-être aurait-elle dû lui parler de sa vie plutôt que de fondre dans ses bras.

— Comment vous êtes-vous rencontrées ? Es-tu une princesse, toi aussi ?

Il avait prononcé la dernière phrase avec un tel dédain que pour la première fois de sa vie, elle se félicita de n'être qu'une roturière.

— Non, pas de sang bleu dans ma famille. Mais mon père est un haut dignitaire. Il a servi Sa Majesté Jawad de Zmelâa pendant de longues années, en tant que conseiller.

Jawad. Jusqu'ici, Zak s'était interdit de penser à lui. Ce père qu'il n'avait jamais connu était le responsable de tous ses maux. Par sa faute, Zak avait dû lutter pour manger, dormir sous un toit, *vivre* tout simplement.

Il ne le détestait pas autant qu'il l'aurait pu. Après

tout, Zak était le fruit d'une histoire et il aurait été vain de haïr un homme dont il ne savait rien et avec lequel il n'avait d'autres liens que ceux de la génétique.

Peut-être même aurait-il dû remercier Jawad de l'avoir endurci ? L'orphelin qu'il avait été avait déployé des trésors d'imagination pour s'extraire du milieu sordide où il avait été jeté dès sa naissance. Gamin des rues, il avait développé tout un tas de qualités qui lui auraient été inutiles en tant que prince.

L'adresse qui vous permet d'échapper à la police.

La ruse qui vous sort de la misère.

La séduction qui vous assure l'entrée dans les cercles les plus fermés et le lit des plus belles femmes.

Bien sûr, il lui arrivait de songer à cette existence alternative, celle qu'il aurait vécue s'il était resté en ce palais perdu au milieu du désert. Quel genre de prince aurait-il été ? Aurait-il utilisé son pouvoir pour accomplir de grandes choses ou bien se serait-il contenté de mener une vie oisive comme tant d'autres souverains ? Chaque fois que ces questions s'imposaient à son esprit, il les balayait.

Car il ne voulait rien avoir à faire avec ce pays, ce royaume, cette famille.

Pourtant il était là. Il avait cédé à la curiosité comme au sourire de Feriel. Avant de se rendre à Zmelâa, toutefois, il s'était assuré auprès de la jeune femme qu'il n'y trouverait pas son géniteur. Rencontrer sa fratrie était pour lui une épreuve bien suffisante.

— Où se trouve ton père aujourd'hui ? demanda-t-il.

Elle esquissa un sourire.

— Il a pris sa retraite récemment, suite au départ du sultan Jawad. À ma grande surprise, il accomplit en ce moment même un tour du monde ! Lui qui a toujours été si sérieux s'offre une deuxième jeunesse, je crois.

— Il te manque ? fit-il encore, intrigué.

— Eh bien, oui ! Et je suis la première à en être étonnée. Toute ma jeunesse, j'ai voulu échapper à mon père et mes frères. Et maintenant qu'ils sont tous partis, il ne se passe pas une journée sans que je pense à eux. Au moins, nous sommes tous restés dans la région. Quand le manque est trop pénible, je prends un vol pour les rejoindre dans les Dunes bleues où ils résident.

Son sourire s'évanouit soudain.

— Je connais mon bonheur d'être aimée, conclut-elle.

Il ne voulait pas de la pitié de Feriel. Il ne supporterait pas qu'elle le regarde ainsi.

— Je n'ai besoin de personne. Et je ne cherche en aucun cas à être aimé ! s'emporta-t-il avec colère.

Son regard était toujours rivé au sien, plus doux qu'un ciel d'été.

— Inutile de chercher l'amour, Zakaria, il t'a trouvé.

Elle désigna la porte qui le séparait encore de son jumeau et de sa petite sœur. Tous deux s'étaient mis en tête de le retrouver et l'avaient cueilli dans cette région reculée du monde où la loi du plus fort prévaut.

Contrairement à lui, Hassan et Aliyah avaient refusé la fatalité de leur naissance. Ils avaient décidé de se battre pour reconstruire la famille dont on les avait injustement privés. Nouer des liens malgré tout.

Pour Zak, hélas, il était trop tard.

Son cœur était fermé à tout sentiment. Telle était sa malédiction : seul il était né, seul il resterait.

6.

Zak entra dans la chambre d'Aliyah et se figea, troublé par le tableau qui s'offrait à lui.

La jeune maman tenait dans ses bras un minuscule bébé sur lequel elle posait un regard d'une tendresse infinie. À son côté se tenait celui qui devait être son époux. Tout près d'eux, Hassan semblait veiller sur leur bonheur.

Comme Zak refermait doucement la porte derrière lui, tous levèrent les yeux vers lui.

— Zakaria ! s'exclama Aliyah, un sourire aux lèvres. Je suis si heureuse de faire enfin ta connaissance.

Hassan s'était approché de lui pour lui passer un bras autour de l'épaule, tandis que l'autre homme lui tendait la main.

— Malek Ben Hariz. Ravi de vous rencontrer enfin !

Zak hocha la tête. Voilà donc à quoi ressemblait le nouveau sultan de Zmelâa, celui qui l'avait recherché à la demande de son jumeau…

— Mes félicitations pour cette naissance, dit-il platement.

Qu'était-il censé dire, en pareille circonstance ? Il ne connaissait aucun membre de cette famille qui était pourtant la sienne.

— Approche, fit Aliyah.

Alors qu'il s'exécutait, sa sœur désigna l'enfant.

— Je te présente Meriem.

À cet instant, la petite fille ouvrit les paupières, soulevant en lui un maelström d'émotions. Elle était si fragile, si vulnérable. Un jour, ce petit être hériterait du sceptre royal. Âgée de quelques heures à peine, elle détenait déjà en elle un pouvoir extraordinaire.

Le futur d'une nation.

Cette idée était terrifiante. Sublime aussi.

— Veux-tu la prendre un peu ? demanda Malek.

Il secoua la tête.

— C'est notre nièce, ajouta son jumeau.

Incrédule, Zak se tourna vers lui.

— Moi aussi, j'ai du mal à le croire, ajouta Hassan. Je découvre Zmelâa tout comme toi. Il y a quelques mois, Aliyah était une parfaite inconnue, et mon ennemie. Je l'avais rendue responsable de tous mes problèmes ; je l'ai même fait enlever pour lui ravir son trône !

Zak fronça les sourcils. Il avait compris que les retrouvailles entre Hassan et Aliyah avaient été houleuses mais il n'avait pas su à quel point ! Son frère avait fait un coup d'État ? Bon sang ! S'il était capable d'un tel tour de force, tous deux étaient probablement plus proches qu'il l'avait d'abord cru.

— C'est de l'histoire ancienne, murmura Aliyah, son regard voilé par la tristesse. Nous sommes aujourd'hui réunis. Profitons de la chance qui nous est offerte de nous connaître enfin.

Était-ce aussi simple que cela ? se demanda Zak. Pouvait-il établir une relation avec ses frère et sœur si longtemps ignorés ? Le voulait-il seulement ?

Après tout, ils avaient grandi dans des pays éloignés, selon des valeurs différentes, suivant des voies opposées. Le lien qui les unissait – leur géniteur – était celui-là même qui les avait séparés ! Quel sens y avait-il à parler de famille aujourd'hui ?

— Félicitations pour cette naissance, répéta-t-il.

Et incapable de rester là plus longtemps, il quitta la pièce sans un regard en arrière.

Dans le couloir, Feriel attendait.

— Alors ? demanda-t-elle d'une voix pleine d'espoir.

Il aurait voulu lui dire être heureux d'avoir rencontré Aliyah, Malek, leur enfant, ce trio respirant l'amour et le bonheur. Il aurait pu lui dire que voir Hassan lui faisait envisager l'avenir sous un jour nouveau.

Mais Zak n'était pas un menteur.

— La petite est adorable, le portrait de sa mère. Et puis, elle a hérité les yeux de son grand-père.

La gorge nouée, Feriel suivit Zakaria du regard, avant qu'il disparaisse au bout du couloir. De toute évidence, il était perturbé par son entrevue avec ses frère et sœur.

S'efforçant de recouvrer son sourire, elle frappa à la porte de la chambre.

À peine avait-elle passé le seuil que ses soucis s'envolèrent. Découvrir Aliyah et son nouveau-né lui procura une joie indicible.

— Ali ! dit-elle en se précipitant vers son amie.

Elle l'étreignit, tout en avisant le bébé blotti contre sa mère.

— Elle est magnifique, Ali ! Je l'aime déjà.

— C'est heureux, Feriel, car j'ai une faveur à te demander.

— Tout ce que tu veux, Ali.

La sultane se tourna vers son mari.

— Malek et moi aimerions que tu nous fasses l'honneur d'être la marraine de Meriem.

Le cœur de Feriel se gonfla de bonheur. Déjà, des larmes affluaient à ses paupières. Incapable de prononcer le moindre mot, elle prit l'enfant dans ses bras, pour l'embrasser sur le haut de la tête.

— C'est le plus beau cadeau que tu pouvais me faire, Ali, dit-elle enfin.

— C'est un cadeau que je fais à ma fille. Tu es la personne la plus généreuse que je connaisse, et ma meilleure amie.

Cette fois, Feriel se mit à pleurer pour de bon.

— Pourquoi ces larmes ? murmura encore Aliyah.

— Ce sont des larmes de joie. Je suis si heureuse pour toi : te voilà maman !

Feriel avait connu Aliyah à une époque fort triste. Quelques jours après leur rencontre, la princesse avait perdu sa mère. Feriel, qui avait connu des années plus tôt le même chagrin, s'était efforcée d'apporter à sa nouvelle amie le réconfort dont elle avait tant besoin.

Parfois maladroitement, elle s'était donné pour mission de la distraire de sa peine. Parce qu'elles suivaient les cours du même précepteur, elles ne se quittaient jamais. Quand elles n'étaient pas en classe, elles s'amusaient ensemble dans les jardins du palais ou sur la plage. Elles riaient ensemble des mille façons dont elles échappaient aux frères de Feriel.

Elles partageaient leurs secrets et leurs rêves – elles étaient comme des sœurs.

— Une maman comblée, répondit Aliyah.

Elle jeta un œil à son époux et son frère.

— Pourriez-vous nous laisser un moment, s'il vous plaît ? J'aimerais m'entretenir en tête à tête avec Feriel.

Un instant plus tard, Hassan quittait la pièce, suivi de Malek qui ne manqua pas au préalable d'embrasser sa petite famille.

Restée seule avec Aliyah, Feriel caressa la joue de sa filleule. Elle n'avait jamais considéré la maternité comme le but de son existence, peut-être parce qu'elle avait trop peur de ne jamais rencontrer l'homme de sa vie. Pourtant à cet instant, alors que la petite princesse de Zmelâa dormait dans ses bras, elle n'imaginait pas bonheur plus intense.

— Elle est parfaite, chuchota-t-elle, submergée par l'émotion.

L'enfant ouvrit des yeux ensommeillés. Des yeux émeraude semblables à ceux d'Aliyah.

Et de Zakaria.

— Que s'est-il passé ?

La voix de la sultane l'arracha à ses pensées.

— Pardon ? balbutia Feriel, comme prise en faute.

Aliyah avait cette faculté de lire en elle comme dans un livre ouvert.

— Allons, Feriel, tu sais que tu peux tout me dire... Je vois bien que tu es préoccupée depuis ton retour de Caracas.

Elle marqua une pause avant de reprendre :

— Est-ce qu'il te plaît ?

Feriel cilla. Elle ne prit pas même la peine de demander

à Aliyah à qui elle faisait référence. Toutes deux se connaissaient si bien !

— Ce n'est pas un homme pour moi, répondit-elle d'une voix altérée.

Elle avait été assez stupide pour s'offrir à lui, et il l'avait rejetée.

— Je t'ai dit de te méfier de lui… Il a beau être mon frère, s'il s'avise de te faire du mal…

Feriel secoua la tête.

— Ne te méprends pas, Ali : je n'ai rien à craindre de lui. Enfin, pas comme tu l'imagines…

Son amie afficha un air inquiet.

— Que s'est-il passé ? répéta-t-elle.

Feriel laissa échapper un long soupir.

— La pire chose qui soit, Ali ! Je suis amoureuse.

De retour dans sa chambre, Feriel se munit de son journal intime, pressée de coucher sur le papier les sentiments qui menaçaient de l'engloutir.

Amoureuse. Oui, je suis amoureuse. La femme libre que j'ai toujours voulu être a cédé au philtre d'un amour hélas impossible.

Je me croyais immunisée contre la gent masculine, mais l'homme qui s'est emparé de mon cœur ne ressemble à aucun autre.

Je ne m'explique pas les émotions qu'il fait naître en moi, ni la passion qui m'anime à sa proximité.

Je dois pourtant l'oublier…

Bientôt, Zakaria quittera Zmelâa, cette famille qui l'accueille à bras ouverts mais dont il ne veut pas.

Il retournera à sa solitude, loin des miens. Loin de moi.

Un coup frappé à sa porte la tira de ses pensées. Après avoir rangé à la hâte son carnet, Feriel se leva pour s'enquérir de son visiteur. Il s'agissait probablement de Nesrine, venue lui transmettre un message de leur sultane.

Elle ouvrit la porte à la volée pour se trouver face à l'objet de toutes ses pensées.

Sans un mot, Zakaria entra dans la pièce et referma la porte derrière lui. Ses yeux émeraude étaient emplis d'une lueur de pur désir – un désir égal au sien.

— Tu te souviens de ce que je t'ai dit en quittant Caracas ? fit-il d'une voix rauque.

Elle rougit en songeant au baiser qu'il lui avait ravi.

— Tu es un défi pour moi, *Feriel*… Un mystère aussi. Pourquoi as-tu paru si fâchée sur la plage ? Je t'ai pourtant donné du plaisir…

Son trouble s'accentua encore.

— Tu m'as rejetée tout de suite après…, lâcha-t-elle. Alors que j'étais… *prête* pour toi.

Elle s'était offerte à lui ! Elle avait eu la faiblesse de le croire différent. Or, comme tous les hommes qui avaient croisé sa route, il avait décidé à sa place ce qui était bon pour elle.

Parce qu'elle lui avait révélé sa virginité, il lui avait dénié le droit de choisir. De le choisir, lui, comme premier amant.

— C'est toi qui es partie…

Elle avait été si furieuse qu'elle ne l'avait pas laissé s'expliquer.

— Et que ce serait-il passé, si j'étais restée ? ne put-elle s'empêcher de demander.

Il afficha un large sourire qui illumina son visage.

— Eh bien, j'imagine que je t'aurais conduite à la première cahute pour te faire l'amour.

— Je…

Le cœur de Feriel s'était mis à battre furieusement dans sa poitrine.

— Ce n'est qu'une hypothèse, mais j'aurais pris tout mon temps. J'aurais exploré chaque parcelle de ton corps délicieux.

Un feu couvait en elle. Brûlant, tentateur.

— Tu vas repartir…, dit-elle à voix haute, énonçant sa plus grande peur.

Elle ne devait pas lui céder, au risque d'avoir bientôt le cœur brisé.

— Oui…

Feriel recula d'un pas, pressée de mettre de la distance entre Zakaria et elle.

— Je ne peux pas faire ça. Je ne suis pas la femme d'une nuit.

— Et moi, je ne suis pas l'homme d'une vie.

Zakaria posait ses conditions, mais cette fois, il lui laissait le choix. Entre eux, il ne pourrait s'agir que d'une liaison sans lendemain, une parenthèse voluptueuse. Était-elle prête à mettre ainsi son cœur en péril, en toute connaissance de cause, alors qu'elle se savait amoureuse de lui ?

La réponse fusa : oui ! Elle désirait Zakaria, elle le voulait, au mépris de toute raison.

— Fais-moi l'amour…, murmura-t-elle en tendant la main vers lui.

Une seconde plus tard, elle était dans ses bras. Tout en la faisant reculer vers son lit, Zakaria entreprit de la déshabiller. Ses mains habiles n'eurent aucun mal à lui ôter la robe cintrée qu'elle avait revêtue. C'était une sensation étrange de se trouver ainsi face à lui, en sous-vêtements noirs et talons hauts, sa coiffure parfaitement ordonnée.

Une version décadente de la secrétaire toujours tirée à quatre épingles qu'elle était.

Il fit courir son regard ardent sur elle, la faisant frissonner.

— Tu es la plus belle femme du monde, Feriel.

Elle s'apprêtait à ôter ses chaussures mais il l'arrêta d'un geste.

— Garde-les encore, *mi amor.*

Et il la renversa sur le lit, avant de s'allonger au-dessus d'elle. Sa bouche courait sur sa chair, l'embrassant ou la mordillant à loisir.

Feriel n'était plus que plaisir et s'entendait gémir.

— Zakaria…

Il dégrafa son soutien-gorge, puis descendit au bas du lit, pour faire glisser sa culotte le long de ses jambes. Le râle qu'il laissa échapper attisa la passion qui la dévorait. Elle se sentait un tel pouvoir, soudain !

Jouant de cette force nouvelle, elle posa ses chevilles sur les épaules de Zakaria. Il s'en empara pour écarter ses jambes et lui offrir une caresse aussi indécente que subtile.

Quelques instants plus tard, emportée par la jouissance, Feriel criait le prénom de son amant.

Encore tremblante, elle lui fit signe de la rejoindre dans le lit. Il s'exécuta aussitôt et le contact de son corps chaud sur le sien lui procura un réconfort immédiat. Son cœur battait pour Zakaria.

— Viens…, chuchota-t-elle.

Captive de son regard, elle savoura la pression de son sexe à l'orée de sa féminité. Jusqu'à ce qu'il s'enfonce en elle, lui arrachant un cri de pur ravissement.

Il attendit quelques instants, comme pour lui laisser le temps d'accueillir son membre viril en elle. Puis se succédèrent des mouvements de va-et-vient.

Feriel gémissait, hésitant entre l'envie de ressentir encore et celle de jouir enfin.

Zakaria changeait de rythme, alternait mouvements rapides et lents, augmentant chaque fois son supplice. Ses baisers, son souffle dans son cou participaient à son émoi.

Elle aurait voulu que ce moment dure toujours, pourtant elle fut soudain emportée par une vague de plaisir si intense qu'elle en resta la naufragée.

Alors, Zakaria et elle jouirent en même temps, leurs corps tendus à l'extrême, leurs cœurs à l'unisson.

Étourdis de plaisir, ils retombèrent ensemble sur les draps froissés par leurs ébats. Feriel se blottit alors contre Zakaria, heureuse d'être auprès de lui.

Effrayée aussi d'avoir laissé parler ses sentiments pour cet homme insaisissable.

7.

L'aube pointait quand Feriel ouvrit les yeux, après une nuit fabuleuse. Dans les bras de Zakaria, elle avait connu mille délices. Avec patience, son amant l'avait initiée aux plaisirs du sexe, alternant douceur et fougue.

Ils avaient fait l'amour durant des heures, n'interrompant leurs ébats que pour manger un morceau. Elle était la première surprise par la complicité charnelle qui s'était instaurée entre eux, avec naturel. C'était un peu comme si en découvrant leurs corps respectifs, tous deux avaient révélé une partie de leur âme.

Un sourire aux lèvres, elle se tourna dans le lit, et se figea en découvrant que la place à côté d'elle était vide et froide.

Feriel se redressa aussitôt et parcourut la pièce du regard. Et alors l'évidence s'imposa : elle était seule.

Zakaria était parti.

Confuse, elle se leva, retenant les larmes qui menaçaient de venir s'échouer sur ses joues. « Je ne suis pas l'homme d'une vie », l'avait-il prévenue. Et comme pour lui prouver ses dires, il avait disparu.

Elle ignorait encore si son séjour à Zmelâa perdurerait mais en tout état de cause, il lui signifiait ne pas vouloir prolonger leur intermède passionnel.

Feriel n'avait pas le droit de pleurer. Au fond, elle avait su que leur histoire se terminerait sitôt après avoir commencé. Il en va ainsi des amants maudits : ils cèdent à un désir irrépressible qui les condamne à souffrir.

Comme elle approchait de la salle de bains, elle aperçut son reflet dans le miroir. Nue, les cheveux maintenant dénoués et le regard perdu, elle se reconnaissait à peine. Parce qu'elle avait été la maîtresse de Zakaria le temps d'une seule nuit, avait-elle *changé* pour autant ? Il lui semblait être une autre, et cela la troublait bien davantage encore que d'avoir perdu son innocence.

Était-ce une bonne chose de n'être plus tout à fait la Feriel de la veille ? Une chose était sûre : jamais elle ne regretterait ces instants merveilleux, où elle avait atteint la pure félicité.

Toute à ses pensées, elle se fit couler un bain, dans lequel elle se laissa glisser. Alors elle s'autorisa à sangloter sur le rêve de bonheur qu'elle avait eu la faiblesse de caresser. Bientôt rassérénée, elle se sécha puis se posta devant sa penderie, en quête d'une tenue.

Aujourd'hui, si Aliyah n'avait pas besoin d'elle, Feriel prendrait un congé. En effet, elle savait déjà comment se changer les idées.

Une heure plus tard, Feriel entrait dans les écuries royales, pressée de retrouver son plus fidèle compagnon depuis des années déjà. Sudfa lui avait été offert par Aliyah le jour de ses vingt ans et elle chérissait cet animal doux et tranquille. Chaque fois qu'elle se sentait d'humeur maussade, elle allait le trouver : il l'apaisait.

« J'ai choisi pour toi une monture au caractère docile », lui avait dit son amie, un sourire aux lèvres.

« Ah oui ? Et pourquoi cela ? »

« Eh bien, ne dit-on pas que les opposés s'attirent ? Je n'ose imaginer jusqu'où tu irais sur une bête aussi téméraire que toi… »

« Peut-être au bout du monde ? » avait rétorqué Feriel, amusée.

« Je préfère te savoir près de moi. »

Aliyah avait parlé avec gravité : elle savait l'envie qu'avait Feriel de partir à la découverte de nouveaux horizons et ne lui cachait pas son inquiétude de se retrouver de nouveau seule.

Les années avaient passé. Feriel avait fait quelques voyages mais chaque fois, elle revenait à bon port. Dans ce palais où elle avait ses attaches. Aux côtés de sa meilleure amie.

Elle entra dans le box de son cheval. Un pur-sang arabe à la robe marron. Elle cajola son encolure, avant de saisir étrille et brosses pour le panser.

Tout en s'affairant, elle songeait à Zakaria. Où était-il à l'heure qu'il est ? Elle ignorait combien de temps il resterait encore au palais et s'il lui dirait au revoir avant de monter dans son jet pour rejoindre Caracas.

Supporterait-elle son départ ? Y survivrait-elle ?

Il le faudrait bien. Elle n'était rien pour lui – tout juste une passade dans son existence. En s'attachant à lui, en tombant amoureuse, elle avait commis une terrible erreur, celle d'imaginer que la réciproque était possible.

Or Feriel avait compris quelque chose d'essentiel : Zakaria avait été comme brisé à la naissance. Coupé des siens et livré à lui-même, il n'avait pu développer de sentiments affectueux envers quiconque. Il paraissait si mal à l'aise, en présence de sa fratrie…

Cette nuit, toutefois, elle avait eu l'impression de communier avec lui. Tout lui avait paru possible alors. Si Zakaria était capable d'une telle tendresse envers elle, peut-être pourrait-il un jour… l'aimer ?

Elle soupira. Voilà qu'elle recommençait à fantasmer sur un avenir impossible, avec un homme qui ne voulait pas d'elle.

Une fois le poil de son cheval lustré, Feriel décida de lui faire faire un tour. Après avoir fixé le licol et la selle, elle conduisit le pur-sang dehors.

Le soleil inondait les écuries extérieures. Sur la vaste étendue de sable destinée à entraîner les chevaux, il n'y avait pas le moindre palefrenier, ce qui étonna Feriel.

Mais un cavalier montait l'une des plus belles bêtes du haras. Il s'agissait du pur-sang que Hassan avait acquis très récemment. Un animal fougueux, semblait-il, à l'image du prince qui le guidait.

Feriel se tenait à bonne distance, si bien que Hassan ne l'avait pas encore vue. Il galopait sur Najima, lui faisant bientôt franchir un obstacle, puis un autre, avec adresse et souplesse.

Consciente de ne pouvoir rester cachée plus longtemps, elle monta sur la selle de Sudfa, puis approcha du cavalier.

— Cheikh Hassan ? lança-t-elle.

Comme il se retournait, le cœur de Feriel manqua un battement.

— Zakaria…

Il arrêta le cheval, puis riva son regard au sien. Qu'il était beau, monté sur ce pur-sang royal ! Il pouvait bien nier ses origines, il avait tout d'un prince.

— Je te croyais parti, ajouta-t-elle d'une voix dure. Tu as quitté la chambre très tôt ce matin.

Il l'avait prévenue qu'il ne resterait pas et pourtant, à cet instant, elle lui en voulait terriblement. Après avoir goûté au bonheur entre ses bras, Feriel avait détesté se réveiller seule comme elle l'avait fait toute sa vie.

Car justement, sa vie avait suivi un cours nouveau.

— Hassan m'a convaincu de rester quelques jours encore.

Elle accusa le coup. Ainsi donc, ce n'était pas elle qui le retenait au palais.

— Avez-vous pu discuter tous les deux ? demanda-t-elle, intriguée.

Zakaria secoua la tête. Il était pourtant essentiel que les jumeaux se parlent, d'une manière ou d'une autre. Après toutes les souffrances endurées, l'heure était aux retrouvailles.

Que Zakaria ne veuille pas d'elle était une chose que Feriel pouvait accepter. Qu'il rejette le frère qui l'avait cherché toute sa vie était inconcevable.

— Tu n'es pas condamné à être seul.

Condamné. Feriel avait employé le mot juste, celui qui depuis l'enfance trouvait une résonance dans le cœur de Zak. Sauf qu'il refusait aujourd'hui de subir la malédiction qui pesait sur lui.

— J'ai longtemps regretté d'être seul. Je choisis de le rester.

À quoi bon nouer des liens nécessairement éphémères ? Pour en avoir été longtemps l'esclave, il comprenait cette quête de l'autre qui anime les hommes. Mais Zak avait fait du chemin, il était devenu son propre maître.

— Je te l'ai déjà dit : je n'ai besoin de personne, ajouta-t-il d'une voix dure. Tu ferais bien de ne pas l'oublier.

Une lueur de tristesse voila les beaux yeux de Feriel.

— Il n'est pas question de moi, et encore moins de *nous*. Je savais à quoi je m'exposais en me rapprochant de toi. Seulement, tu as un frère et une sœur, Zakaria, et ils ne demandent qu'à faire partie de ta vie.

Agacé par la tournure que prenait leur conversation, Zak fit avancer son cheval au pas.

— Aliyah et Hassan ne savent rien de ma vie. Ni toi d'ailleurs !

Feriel, sur sa propre monture, se plaça à son côté. Ils avancèrent un peu avant qu'elle reprenne la parole.

— Je sais que tu as vécu l'enfer…, murmura-t-elle. Raconte-moi.

Déjà, les souvenirs affluaient à son esprit. Perfides. Zak n'avait pas pour habitude de se confier, pourtant il se mit à raconter son enfance à Feriel.

— Je me rappelle l'orphelinat. Les cris. Les châtiments. Les pleurs des enfants, la nuit. Certains partaient mais la plupart demeuraient là, attendant Dieu sait quoi. Une chance.

Perdu dans les méandres de sa mémoire, Zak évitait de regarder Feriel.

— J'ai quitté l'établissement à l'âge de sept ans. Je me croyais sauvé et me réjouissais d'être accueilli dans une famille d'accueil. La femme était gentille, elle se désespérait de n'avoir pas d'enfant et durant deux mois, trois peut-être, elle m'a aimé comme un fils.

— Deux mois ? répéta Feriel.

— Le miracle a eu lieu : elle est tombée enceinte. Et je suis redevenu l'orphelin que j'avais toujours été. On m'a transféré dans une nouvelle famille, dont l'homme était alcoolique et violent. Je m'en suis échappé très vite.

— Et ensuite ?

La voix de Feriel était d'une douceur telle qu'il aurait été facile de s'y noyer.

— Ensuite, j'ai écumé les foyers sordides et multiplié les fugues. Jusqu'à rencontrer un homme qui a cru en moi.

— Andrés Bastides ?

Surpris d'entendre le nom de son mentor dans la bouche de Feriel, il se tourna vers la jeune femme.

— Je vois que tu es bien renseignée…

— Malek, l'époux de ta sœur, a mené une enquête sur toi, à laquelle j'ai eu accès.

Ces paroles le contrarièrent.

— Alors tu es une sorte d'espionne ?

Elle secoua la tête.

— Pas du tout ! Simplement l'amie d'Aliyah, et sa secrétaire. Je suis très scrupuleuse dans mon travail et ne laisse rien au hasard.

Il la foudroya du regard.

— Alors c'est cela que je suis pour toi ? s'écria-t-il. Un *travail* ?

À son grand étonnement, Feriel lui retourna un regard assassin.

— N'est-ce pas ce que tu souhaites ? N'être rien d'autre pour moi qu'une mission ? Une rencontre passagère ?

Sur ces mots, elle lança son cheval au galop, le laissant à ses ruminations.

Pourquoi était-il contrarié par sa brusque désertion ? Sans doute parce que c'était toujours lui qui partait le premier… C'était une règle à laquelle il ne dérogeait pas : étant donné qu'on l'avait abandonné une fois, il faisait en sorte de n'être plus en position d'être quitté.

Zak s'apprêtait à regagner les écuries quand il fut rejoint par son jumeau, monté sur un étalon noir.

— J'ai vu Feriel s'enfuir au galop…, dit Hassan.

Zak soupira.

— Elle n'est pas du genre à fuir…

Hassan le scruta avec attention.

— Que se passe-t-il entre vous ?

Cette question, Zak se la posait depuis des jours. Il avait cru que faire de Feriel sa maîtresse lui permettrait de passer à autre chose, or la jeune femme continuait d'occuper ses pensées.

— Rien de répréhensible, répliqua-t-il, agacé.

— Ne lui fais pas de mal, Zakaria.

Cette fois, il sentit la colère le gagner.

— Comment oses-tu me juger, Hassan ? D'après ce que je sais, tu n'es pas un enfant de chœur mais l'auteur d'un coup d'État contre ta propre sœur !

— Et je le regrette…

Hassan marqua une pause avant de poursuivre :

— J'ai longtemps été guidé par la vengeance, Zakaria. Quand j'ai découvert mes origines, *nos* origines, le ciel m'est tombé sur la tête. Cet homme qui nous a enfantés, jamais je ne lui pardonnerai de nous avoir séparés.

De nouveau, l'emploi du « nous » troublait Zak. Mais il s'abstint de le dire à son frère.

— Où est-il ? demanda-t-il simplement.

— Jawad s'est installé dans un royaume voisin. Il est parti le jour du couronnement d'Aliyah.

Zak avait du mal à le croire.

— Parti ?

— Sur les ordres d'Aliyah. C'est du moins ce que m'a confié Malek. Notre sœur l'a fait pour nous, Zakaria. Elle a chassé l'homme qui nous a bannis, celui qui m'a jeté en prison.

— En prison ?

Décidément, Zak en apprenait chaque jour davantage sur son frère. Hassan était loin de l'homme policé qu'il s'était imaginé à partir des coupures de presse qu'il avait autrefois trouvées à son sujet.

— C'est une longue histoire, Zakaria…

Zak hocha la tête, songeur.

— Alors Jawad est… en exil ?

— En quelque sorte. Disons qu'il n'est plus le bienvenu en son royaume.

— Et toi, *prince Hassan* ? Considères-tu Zmelâa comme ton royaume ?

Son jumeau se mit à rire.

— Il m'a fallu du temps pour le comprendre, mais c'est New York, mon royaume ! Et j'y retournerai sitôt que Nesrine aura accouché. J'espère que tu m'y rendras visite, maintenant que nous nous sommes retrouvés…

Incapable de répondre, Zak garda le silence. Il aurait voulu pouvoir donner rendez-vous à son frère mais il n'était sûr de rien. En fait, il nageait en pleine confusion depuis qu'il avait fait la connaissance de cette famille qu'il avait autant envie de connaître que de quitter.

Feriel n'était pas du genre à fuir, mais lui, l'était-il ?

8.

Partir ou rester ? La question était simple. La réponse, bien plus complexe. Quand il avait suivi Feriel jusqu'à Zmelâa, Zak avait prévu de passer quelques jours seulement au royaume. Or force était de constater qu'il était toujours là, repoussant sans cesse son départ.

Et cela n'avait rien à voir avec la beauté qui occupait toutes ses pensées, et s'évertuait à l'éviter depuis trois semaines.

Vingt jours et vingt nuits interminables…

Bien qu'il regrettât la distance froide qui s'était instaurée entre la jeune femme et lui, Zak ne pouvait s'en prendre qu'à lui-même. Après tout, il l'avait abandonnée sitôt après qu'elle lui avait offert son innocence. Et quand elle était revenue vers lui dans le haras, il l'avait rabrouée.

Sur le moment, il avait pensé agir au mieux. Tous deux n'avaient aucun avenir ensemble et il n'était pas du genre à entretenir des chimères en transformant une liaison passionnelle en parenthèse romantique.

Seulement, il devait admettre que Feriel lui *manquait*. Et ce vide en lui était aussi inédit que désagréable.

Alors qu'il aurait dû songer à ses affaires, il pensait à elle, à la nuit qu'ils avaient partagée. L'alchimie entre eux était exceptionnelle : il n'avait connu une telle entente charnelle avec personne d'autre…

Mais il y avait pire encore : Zak était *fier* d'avoir été le premier amant de Feriel. Et l'imaginer dans les bras d'un autre lui était insupportable.

Que lui arrivait-il, bon sang ? Il fallait qu'il oublie Feriel. Peut-être y parviendrait-il une fois loin de Zmelâa ?

Avec un soupir, il quitta les jardins royaux où il déambulait, afin de rejoindre le palais. Il y avait rendez-vous avec Aliyah et Hassan. Le matin même, sa sœur l'avait appelé pour lui annoncer qu'elle avait à leur parler de toute urgence, à son jumeau et lui. Le ton grave de la sultane l'avait inquiété et il était pressé de connaître le motif de leur entrevue.

Comme il se présentait devant la majestueuse porte du palais, les gardes le saluèrent avec déférence.

— Cheikh Zakaria.

Il leur fit signe en retour et avança dans le vaste hall tout en marbre et colonnes hautes. Sur son passage, domestiques et majordomes s'inclinaient, sans qu'il s'y oppose désormais. Non seulement Zak s'était habitué à être traité en prince, mais surtout il avait arrêté de s'en plaindre, après une discussion qu'il avait eue avec la plus ancienne femme de chambre du palais.

Salwa s'occupait du ménage de ses appartements. Elle travaillait en son absence, mais ce jour-là, elle était entrée alors qu'il s'apprêtait à partir. Elle s'était confondue en excuses, pensant l'avoir dérangé, aussi l'avait-il rassurée.

« Non seulement vous n'avez pas à vous excuser, madame, mais c'est à moi de vous remercier d'entretenir chaque jour ce lieu que j'occupe pour me le rendre agréable. »

« C'est mon travail, prince Zakaria », avait-elle répliqué en s'inclinant devant lui.

Il l'avait aussitôt aidée à se relever.

« Pas de courbettes devant moi, je vous prie. »

Elle avait affiché un visage si choqué que Zak en aurait été amusé, si Salwa n'avait paru aussi sincère.

« Des courbettes ? avait-elle répété d'une voix étranglée. Il ne s'agit pas de courbettes, mon prince, mais de respect ! Je sers la couronne de Zmelâa depuis mes vingt ans. C'est mon devoir et mon honneur. »

Zak avait alors compris qu'en rejetant le protocole, il heurtait ceux qui depuis longtemps y adhéraient de leur plein gré. Qui était-il pour remettre en question une histoire qui n'était pas la sienne, ou si peu ?

« Je ne suis pas réellement prince, vous savez… », avait-il tout de même avancé. « En fait, je n'ai pas même grandi à Zmelâa. »

Salwa l'avait regardé un long moment en silence.

« Vous êtes prince en ce royaume. Et un enfant de notre beau pays. Vous lui ressemblez tellement… »

Ces paroles avaient blessé Zak, bien qu'il sache être le portrait de son géniteur.

« Je n'ai rien en commun avec le sultan Jawad », avait-il rétorqué d'une voix plus dure qu'il ne l'aurait voulue.

Salwa avait secoué la tête doucement.

« Je ne parle pas de votre père, mais de votre mère… Vous avez hérité son sourire… »

Incrédule, Zak était demeuré là, face à cette femme au regard bienveillant qui lui révélait avoir connu celle qui lui avait donné le jour.

« Comment était-elle ? » avait-il fini par demander.

Cette question, Salwa y répondait un peu chaque jour, lorsqu'elle pénétrait dans la suite de Zak. Il faisait en sorte d'être toujours là pour entendre le récit de cette camériste au destin tragique. L'histoire de sa mère.

Nidhal avait grandi dans une modeste famille de la région de Zmelâa. À l'âge de seize ans, elle avait été embauchée au palais, en tant que dame de compagnie d'Aïcha, l'épouse du sultan Jawad. Les deux femmes étaient devenues amies, malgré leurs rangs respectifs. Jusqu'à ce qu'un homme les sépare brutalement.

Le sultan Jawad en personne, lassé un temps de son épouse qui ne lui donnait pas d'enfant, avait séduit Nidhal, et probablement d'autres servantes. Cette liaison clandestine avait eu une conséquence inattendue, bien que prévisible : Nidhal était tombée enceinte. Désespérée de se trouver en pareille situation et rongée par la culpabilité d'avoir trahi la sultane, elle était allée trouver Jawad, en quête de solution.

Celui-ci s'était montré clair sur ses intentions, et d'une cruelle efficacité quant à leur mise en pratique. Craignant qu'un scandale moral vienne salir son règne naissant, il avait renvoyé Nidhal chez elle, sans même lui laisser l'opportunité de dire au revoir à son épouse. Après avoir acheté le silence des parents de la jeune femme, il avait attendu la naissance de son enfant.

Ou plutôt de *ses* enfants. Car Nidhal avait accouché de deux garçons aux yeux émeraude. Sitôt nés, ceux-ci avaient été bannis du royaume par le sultan en personne. Quant à Nidhal, elle avait péri peu de temps après, sans qu'on sache si c'est une maladie ou le chagrin qui l'avait emportée.

Contée par Salwa, l'histoire de Nidhal avait pris pour Zak une dimension nouvelle et singulière. Son récit chargé d'émotion était tellement plus riche que celui qu'il avait découvert à travers le rapport de son détective privé...

Grâce à la femme de chambre, sa mère avait pris corps. Il parvenait maintenant à se la représenter, non pas comme cette figure désincarnée qu'elle avait toujours été mais comme une personne. Un être de chair, au cœur trop vulnérable et qui en avait payé le plus lourd des tribus.

Parce qu'il avait fait connaissance avec sa mère, saurait-il un jour renouer avec son frère ? C'était son vœu le plus cher, même si pour l'heure, il ne se sentait pas capable d'un tel rapprochement.

Tout à ses pensées, Zak gagna bientôt l'aile royale, puis la grande bibliothèque, où Aliyah et Hassan devaient l'attendre. À son approche, deux gardes en poste lui ouvrirent la lourde porte de chêne.

Il balaya la vaste pièce et son regard s'arrêta presque aussitôt sur Feriel, qui se tenait au côté d'Aliyah. Elle eut la délicatesse de rougir en le voyant, ce qui lui procura une intense satisfaction.

— Comment va la petite Meriem ? demanda-t-il pour rompre le silence.

Avait-il interrompu une conversation ? Quoi qu'il en soit, le visage d'Aliyah se détendit à la mention de son enfant.

— Ma fille est un amour, Malek s'en occupe en ce moment même.

Zak tenta d'imaginer le colosse cajolant le petit bébé, sans y parvenir tout à fait.

— Merci d'être venu, Zakaria. Prends place à côté de Hassan et Nesrine, s'il te plaît.

Il s'exécuta, non sans chercher à nouer un contact visuel avec Feriel, en vain. La jeune femme fuyait son regard.

— Que se passe-t-il ? demanda-t-il à son jumeau en prenant place dans le large canapé.

Hassan haussa les épaules, attendant comme lui que leur sœur parle.

— J'ai décidé de réformer la loi. Et pour cela, j'ai besoin de vous, annonça Aliyah.

Feriel était troublée d'assister à cette réunion de famille. Car de cette famille-là, elle ne faisait pas partie.

Bien sûr, elle était elle-même bien dotée en la matière. Ses quatre frères, son père et elle formaient un clan des plus soudés. Mais cela ne l'avait pas empêchée de nouer un lien *unique* avec Aliyah. Plus que des amies, elles s'étaient longtemps considérées comme des sœurs. Parce que toutes deux avaient perdu leur mère, elles avaient pris l'habitude de se confier l'une à l'autre ces secrets qu'on ne partage qu'entre filles, entre femmes.

Aujourd'hui, tout avait changé, et Feriel ne pouvait que s'en réjouir. Aliyah avait trouvé le bonheur et un complice auprès de Malek. Tous deux étaient devenus parents.

Elle sourit à Nesrine qui l'observait depuis le canapé. La jeune femme, une main protectrice posée sur le ventre, rayonnait. D'ici peu, quelques jours tout au plus, elle aussi serait mère. Son bébé était très attendu mais ne semblait pas pressé de quitter son berceau naturel.

Feriel avait prévenu ses deux amies qu'elle serait la

dernière d'entre elles à convoler et à enfanter, sans être tout à fait sûre qu'elle le ferait un jour. En effet, ces défis-là lui avaient toujours paru insurmontables. L'idée de se lier à un homme pour toute une vie résonnait comme la fin de cette liberté si chèrement acquise.

Jusqu'ici, elle avait très bien vécu son célibat, et avait repoussé ses prétendants le cœur léger. Pas une fois elle n'avait regretté de se réveiller seule.

Excepté au lendemain de sa nuit d'amour avec Zakaria. Ce jour-là était à marquer d'une pierre blanche car il avait bouleversé sa vie et sa façon d'envisager l'avenir.

Était-ce de voir ses amies si heureuses en amour qui la rendait soudain sentimentale ? Ou les bras de son amant qui lui manquaient ? Quoi qu'il en soit, Feriel se prenait à rêver d'une vie à deux, à trois, à quatre… Elle s'imaginait une famille bien à elle – une famille avec Zakaria.

Folie que tout cela ! Non seulement le ténébreux cheikh ne voulait pas d'elle, mais il serait bientôt reparti vers un autre monde où elle n'avait pas sa place.

Chassant sa peine, elle se concentra sur les paroles d'Aliyah. Pour avoir préparé avec la sultane cette entrevue, Feriel en connaissait le sujet. Mais elle était curieuse de savoir comment réagirait l'assemblée.

— La naissance de Meriem remue beaucoup de choses en moi, commença la sultane. Je mesure ma chance mais aussi la responsabilité que nous avons, Malek et moi, de conduire notre enfant sur le chemin du bonheur…

Un silence solennel régnait dans la bibliothèque. Elle marqua une pause avant de poursuivre.

— Meriem n'est *pas* une petite fille comme les autres.

Elle est la future sultane de Zmelâa et porte en elle un héritage et l'avenir d'une nation. C'est un honneur…

— Et un fardeau, coupa Hassan.

Aliyah riva son regard au sien, avant d'acquiescer.

— Je le sais mieux que quiconque, continua-t-elle. J'ai grandi dans l'idée de servir mon peuple. Le sceptre de mes ancêtres me rappelle à mes engagements : je l'ai gagné de haute lutte ; j'ai refusé qu'il me soit enlevé. Je le transmettrai un jour à ma descendance.

Elle n'avait pas quitté Hassan des yeux. Entre eux, il y avait encore le funeste souvenir d'une lutte de pouvoir acharnée et vengeresse, le coup d'État d'un frère contre sa propre sœur.

— Qu'attends-tu de nous, Aliyah ? fit Hassan.

Le visage de la sultane s'adoucit.

— J'attends de ma famille qu'elle me soutienne et soutienne ma fille dans ce défi qui est le nôtre de gouverner Zmelâa. Je vous veux à nos côtés pour offrir à ce pays le meilleur. La justice, la liberté. L'égalité entre les hommes et les femmes.

Hassan secoua la tête.

— Je ne me mêlerai plus des affaires de cette nation. Il m'a fallu trahir mes idéaux et ma sœur pour le comprendre : ma place n'est pas ici, mais à New York.

Hassan tourna la tête vers Zakaria, l'invitant à prendre la parole lui aussi. Celui-ci affichait un air plus sombre encore qu'à l'accoutumée.

— Je ne fais pas partie de cette famille, lâcha-t-il d'une voix glaciale. Je n'appartiens pas à ce royaume.

Feriel sentit sa gorge se nouer. Elle avait eu l'impression que Zakaria évoluait au fil de son séjour. Elle avait cru qu'il finirait par accepter sa fratrie, à défaut d'endosser le rôle qui pouvait être le sien à Zmelâa. Elle avait fait part de cet espoir à Aliyah et regrettait maintenant de s'être montrée si optimiste.

— Je comprends vos réticences, reprit Aliyah en observant tour à tour les jumeaux. Votre histoire, *notre* histoire est si singulière… Seulement, je crois qu'il n'est plus question que de nous trois.

Aliyah se mit à arpenter la pièce.

— Il est question de notre descendance, mes frères. Il est question de Meriem, du bébé que Nesrine porte. Et de tes futurs enfants aussi, Zakaria.

Il leva les yeux au ciel.

— Vas-tu en venir au fait, Aliyah ? répliqua-t-il d'un ton acerbe. Ou allons-nous spéculer sur ma progéniture imaginaire ?

L'image de deux enfants aux yeux émeraude s'imposa à Feriel. Un garçon et une fille au sourire doux. Pourquoi fallait-il qu'elle songe à ce bonheur impossible ?

Soudain, elle capta le regard de Zakaria en même temps que lui venait un pressentiment. Se pouvait-il que son esprit lui envoie un message ? Ou même… son corps ?

Elle fit un rapide calcul et fut prise d'un vertige. Car il était tout à fait possible qu'elle soit enceinte.

Tout en écoutant Aliyah, Zak ne quittait pas Feriel des yeux. La jeune femme avait brusquement pâli et il s'en inquiéta. Et dire qu'il lui suffirait de la prendre dans ses bras pour redonner du rose à ses joues !

Tenté de mettre fin à cette charmante réunion de famille, il concentra toutefois son attention sur sa sœur.

— Si je vous parle de nos enfants, mes frères, c'est

que je tiens à les protéger, poursuivait la sultane. Je veux leur épargner cette solitude qui a manqué nous briser tous les trois.

Elle le scruta un long moment et Zak savait pourquoi. Contrairement à Aliyah et à Hassan, lui était demeuré seul.

— Il n'est pas toujours possible de réparer ce qui est brisé, souffla Zak, presque malgré lui.

Aliyah s'arrêta devant lui, un sourire aux lèvres.

— Il n'est jamais trop tard pour essayer.

Était-ce cela, la clé ? Essayer ?

— Et qu'attends-tu de nous ? répéta Hassan avec impatience. Quelle est cette loi que tu souhaites modifier ?

— Je veux dissoudre le Haut Conseil qui n'est que manœuvres et bassesses politiques. Depuis trop longtemps, ses membres s'accrochent jalousement à leurs titres, sans plus se soucier de servir leur pays. Un dirigeant ne peut gouverner sans l'appui de conseillers qui lui sont autant dévoués qu'à leur royaume. Le jour où ma fille gouvernera, je veux qu'elle puisse compter sur ses parents, ses oncles et tantes. Ses cousins.

Aliyah s'interrompit, les larmes aux yeux.

— Zmelâa est votre pays, mes frères. Il est celui de vos enfants. Vous y serez toujours les bienvenus et j'espère que vous accepterez un jour d'y jouer un rôle de premier plan. Nous avons besoin de vous. *J'ai* besoin de vous.

Zak aurait voulu rester indifférent au discours de la sultane. Mais les larmes versées par sa sœur l'atteignirent en plein cœur. Bien qu'elle ait grandi dans un luxueux palais et détenu très tôt un pouvoir colossal, Aliyah aussi avait connu la solitude. Celle qui vous prend à la gorge et vous étouffe. Il le devinait à sa voix altérée, à ses yeux embués et pleins d'espoir.

Il aurait voulu la réconforter, lui dire qu'il serait là pour elle et l'enfant innocente qu'elle avait mise au monde. Mais il quitta la bibliothèque, sans un regard en arrière.

9.

Journal de Feriel

Aujourd'hui, le royaume de Zmelâa est en fête. L'enfant de Hassan et Nesrine Knight est né. Le petit garçon se prénomme Farès – « le valeureux » – et il est de toute beauté. Avec son visage doux et ses yeux sombres, il est le portrait de sa mère.

Aliyah est folle de joie à l'idée que sa petite Meriem ait un cousin si proche. Ce qu'elle ignore encore, c'est que la famille royale va bientôt s'agrandir...

Mes doutes se sont confirmés : je suis enceinte.

Et terrorisée.

Pour ce petit être qui grandit en moi, je ressens déjà un amour infini, brut. Mais je redoute aussi la réaction de son père quand il apprendra la nouvelle.

Depuis notre rencontre, Zakaria Miralez s'est montré parfaitement clair avec moi : il ne veut pas d'attache, et encore moins de lien avec Zmelâa.

Or voilà que ce bébé – notre bébé ! – sera prince en ce royaume. Il héritera à sa naissance du titre autrefois si odieusement arraché à son père...

Sentant les larmes affluer à ses paupières, Feriel posa son stylo. Il lui faudrait trouver le courage de parler à Zakaria, et vite. Elle n'avait pas le droit de lui cacher la vérité, même si elle doutait qu'il l'accueille avec bonheur.

Comment réagirait le cheikh à l'annonce de sa paternité ? Elle ne croyait pas qu'il puisse rejeter le fruit de sa chair, après avoir été lui-même abandonné par son père... Pourtant il avait tant souffert qu'elle n'était sûre de rien.

Son cœur si longtemps meurtri était-il capable d'aimer ?

Elle posa une main sur son ventre plat. Elle protégerait son enfant quoi qu'il lui en coûte. Jamais elle n'imposerait à Zakaria de jouer un rôle dont il ne voulait pas, mais elle lui offrirait le choix de le faire.

C'était le moins qu'elle puisse faire pour cet homme qui cherchait à rester le maître en toutes circonstances. Pour sa part, hélas, elle avait perdu le contrôle : au premier regard, Zakaria avait bouleversé son existence tout entière.

Plusieurs jours passèrent sans que Feriel se décide à aller trouver Zakaria. Elle craignait sa réaction et surtout un départ brutal, qui ne manquerait pas de ternir la joie de Hassan et Aliyah.

Ces derniers semblaient en paix, plus proches que jamais depuis la naissance de leurs enfants respectifs. Il faut dire que les petits princes avaient de quoi faire fondre le cœur le plus endurci, y compris celui du ténébreux Hassan.

À force d'observer l'époux de Nesrine, Feriel se prenait à espérer que le miracle opère également sur son jumeau.

Enfin, elle se décida à affronter l'objet de ses pensées. Et ce soir-là, elle se présenta chez lui.

À peine avait-elle frappé à la porte de ses appartements que Zakaria l'ouvrit en grand.

Feriel déglutit avec difficulté devant le spectacle qui s'offrait à elle. Le cheikh était torse nu, une serviette enroulée autour des hanches. De toute évidence, il sortait de la douche.

— *Feriel* ? fit-il, l'air étonné.

— Tu attendais quelqu'un d'autre ? répliqua-t-elle aussitôt, acerbe.

La flèche empoisonnée de la jalousie s'était plantée dans son cœur et elle s'en voulut de se montrer si faible face à Zakaria.

— Je suis seul. Entre.

Devait-elle s'attendre à voir débarquer une femme ? Par fierté, elle se garda de poser la question.

— Que fais-tu là ? demanda-t-il quand elle fut à l'intérieur.

— Je voulais te parler, mais je ferais bien de revenir plus tard…

Elle suivit le trajet d'une goutte d'eau qui perlait sur le torse viril.

— Cela fait des semaines que tu m'évites. Reste, maintenant que tu es là…

Elle hocha la tête en silence, mal à l'aise. Par où commencer ?

— Est-ce que tu pourrais… t'habiller, s'il te plaît ?

Elle ne pourrait trouver ses mots face à un Zakaria aussi dévêtu. Déjà, il s'amusait de la voir rougir. Elle le devinait au sourire arrogant qu'il affichait à présent.

— Très bien, puisque tu insistes !

L'instant d'après, il faisait tomber sa serviette à terre.

— Tu…

Sidérée, elle resta plantée là, captive de son regard

hypnotique, attirée par ce corps sculptural qui lui manquait tant…

— Je…, balbutia-t-elle encore.

— Tu es si innocente, *Feriel*… Que fais-tu ici, dans ma chambre ?

Sa voix chaude lui fit l'effet d'une caresse. Mais elle tâcha de recouvrer son calme, car la question de Zakaria était on ne peut plus pertinente. Pourquoi se trouvait-elle dans l'antre du cheikh ? Il exerçait un tel effet sur elle… Elle aurait dû demander à le voir dehors, en terrain neutre et non pas dans ce lieu intime.

Malgré elle, elle jeta un œil au grand lit qui trônait au milieu de la pièce et il dut suivre son regard, car il se mit à rire.

— Ton silence vaut mille discours, *mi amor*…

Elle cilla, incapable de protester. Son cœur tambourinait dans sa poitrine. Il était si beau, dans sa triomphale nudité.

Comme il approchait, elle l'arrêta d'un geste de la main.

— Je refuse de jouer avec toi, Zakaria. Un jour tu me séduis. Le jour d'après, tu me repousses. Je ne suis pas l'une de tes frivoles maîtresses.

Il rit de plus belle. Son sourire était plus dangereux encore que son regard ténébreux.

— Je le sais bien, Feriel. Tu es *différente*. La preuve en est que je ne parviens pas à t'oublier.

La réciproque était vraie, hélas. Et aujourd'hui que Feriel portait son enfant, elle était sûre que Zakaria aurait toujours une place dans sa vie et dans son cœur.

— Habille-toi…, demanda-t-elle encore d'une voix altérée.

— Je préfère te déshabiller…

Ces mots eurent raison de ses dernières résistances. Tandis que Zakaria la prenait dans ses bras, elle se laissa aller contre lui, grisée par son odeur et la chaleur de son corps.

Lentement, il lui ôta ses vêtements tout en la dévorant de baisers dans le cou. Puis il l'entraîna vers la salle de bains.

Le carrelage parut froid à Feriel et elle se mit à frissonner. Mais très vite, Zakaria tourna le robinet de la grande douche italienne où il l'attira. Sous le jet brûlant, dans les bras de l'homme qu'elle aimait, Feriel était au paradis.

Elle se savait perdue, mais incapable de résister à la tentation, elle se mit à caresser Zakaria. Ses épaules, son dos, ses fesses la rendaient folle. Quant à l'érection qu'elle sentait contre son ventre, elle était au diapason de sa propre excitation.

Il se mit à la savonner, ses mains glissaient sur elle avec douceur et convoitise. Il la retourna contre la paroi tout en mosaïques pour mieux se frotter contre son dos.

Leurs gémissements se répondaient. Il était si bon de s'abandonner à la passion, à cette suave complicité.

À l'amour.

La faisant pivoter de nouveau face à lui, Zakaria la souleva par les fesses et quand elle fut agrippée à son cou, il la pénétra.

Il ne lui fallut que quelques instants pour parvenir à l'extase, aussitôt rejointe par son amant. Il lui semblait avoir attendu toute sa vie cette communion avec cet homme. C'est dans ses bras qu'était sa place, ici ou ailleurs, elle en eut soudain la certitude absolue.

Revenue à elle, Feriel attendit que Zakaria la repose

au sol pour se lover contre lui. Alors, avec naturel, les mots franchirent la barrière de ses lèvres.

— Je suis enceinte, Zakaria.

Enceinte ? Sous le choc, Zak riva son regard à celui de Feriel. Une mèche de ses cheveux mouillés dissimulait une partie de son visage et il la replaça machinalement derrière son oreille.

Enceinte ! L'idée faisait son chemin dans son esprit, sans qu'il parvienne à se l'approprier. Quelques minutes plus tôt, Feriel lui criait sa jouissance au creux de l'oreille et voilà qu'elle lui révélait attendre un enfant de lui !

— Sortons d'ici, dit-il en coupant l'eau.

Il tendit à Feriel un peignoir avant de se sécher lui-même à l'aide d'une large serviette. Puis il quitta la salle de bains pour débusquer dans sa penderie quelques vêtements propres. Avisant la robe froissée de Feriel au sol, il lui proposa l'un de ses T-shirts.

— Mets ça, si tu as froid…

Elle sembla hésiter quelques instants puis enfila le vêtement. Il était suffisamment long pour couvrir sa nudité mais laissait entrevoir ses jambes fuselées. Sous le fin coton, ses tétons pointaient encore, tentateurs.

S'il n'avait été aussi perturbé par l'annonce fracassante de la jeune femme, il se serait probablement de nouveau jeté sur elle.

— Assieds-toi, dit-il, nerveux.

Lui était incapable de tenir en place et se mit à arpenter cette chambre qui avait abrité leurs ébats.

— C'est… inattendu, lâcha-t-il.

L'était-ce vraiment ? En fait, il réalisait qu'il n'avait

pris aucune précaution avec Feriel. Lui d'habitude si prudent en la matière avait laissé libre cours à ses instincts, comme un barbare. Sans doute parce qu'elle était vierge et qu'il se savait en parfaite santé, en raison de tests réguliers et de son usage systématique des préservatifs, il avait baissé sa vigilance.

— Je n'attends rien de toi, dit-elle.

À ces mots, la colère le gagna.

— Comment ça, tu n'attends rien de moi ?

Elle eut la bonne idée de rougir.

— Eh bien, je veux dire... je ne compte pas te forcer la main. Si tu ne souhaites pas faire partie de sa vie...

Sa vie. En deux mots, elle venait de donner corps à cet être qui grandissait en elle. Un être qu'ils avaient conçu ensemble...

Voulait-il jouer un rôle dans l'existence de cet enfant qu'il n'avait jamais eu l'idée de concevoir ? Et surtout, pourrait-il faire un père acceptable, lui qui avait grandi sans figure parentale, sans famille ? Était-il capable d'être ce père sur qui l'on peut compter, ce père protecteur, ce père aimant ?

Zak avait toujours trouvé égoïstes ces hommes qui se reproduisent sans penser aux conséquences, à ce que cela implique chez l'autre et notamment le fruit de leur chair.

Le sultan Jawad avait fait pire encore : il les avait niés, Hassan et lui. Parce qu'il ne voulait pas avoir à se soucier de leur devenir, il les avait bannis, loin de lui. Il les avait comme *effacés* de sa réalité.

— J'assumerai mes responsabilités, déclara-t-il avec solennité.

Il n'était pas un lâche et refusait de faire subir à qui que ce soit les effets d'un comportement irréfléchi.

Qu'il se soit ainsi oublié dans les bras de Feriel était symptomatique de leur relation. Cette femme avait le pouvoir de lui faire perdre son précieux *self-control.* Auprès d'elle, il n'était qu'impétuosité et passion !

Mais l'enfant qu'ils avaient conçu ne manquerait de rien. Il le mettrait à l'abri du besoin et s'efforcerait de lui offrir ce dont il avait autrefois rêvé.

Un foyer. Une famille.

Déjà, une image s'imposait à son esprit : une maison remplie de cris joyeux, une épouse au sourire doux… *Feriel.* Tout cela était-il réellement à sa portée ? Tout cela allait-il advenir ?

Brusquement, l'angoisse le saisit.

— Est-ce qu'il va bien ? Le bébé ?

Feriel resta silencieuse quelques instants, troublée d'entendre Zakaria évoquer leur bébé…

— La grossesse est encore très précoce, dit-elle, mais le médecin que j'ai consulté s'est montré rassurant.

Il fronça les sourcils.

— Il te faut les meilleurs soins.

— Sur ce plan-là, tu peux être tranquille. Je suis suivie par le médecin royal. Celui-là même qui s'est occupé de la grossesse d'Aliyah.

— Alors tu en as parlé à la sultane ? demanda-t-il, visiblement contrarié.

Elle secoua la tête.

— Non, bien sûr. Je voulais que tu sois le premier au courant. Et puis…

— Et puis ?

— Je craignais ta réaction, avoua-t-elle.

Elle avait eu peur qu'il la rejette, peur qu'il les abandonne, leur enfant et elle. Mais Zakaria avait dit vouloir assumer ses responsabilités. Et l'espoir s'insinuait en elle, bien plus dangereux encore que la peur.

— Nous embaucherons le meilleur docteur de Caracas dès notre arrivée au Venezuela.

Gagnée par la panique, Feriel se leva.

— Mais enfin, Zakaria, ma vie est ici !

C'était un cri du cœur et elle en fut la première surprise. N'avait-elle pas cherché pendant des années à quitter Zmelâa, à fuir le cocon où elle avait été surprotégée ?

Elle ignorait encore ce que Zakaria avait à l'esprit mais son visage déterminé l'inquiétait au plus haut point.

— Mon enfant ne verra pas le jour dans ce royaume. Dois-je te rappeler que j'en ai été chassé à ma naissance ?

Ses traits s'étaient durcis, sa voix grave faisait courir un frisson le long de son dos. Que répondre à cela ? Elle comprenait si bien la rage qui l'habitait. L'impossibilité pour lui de devenir père à l'endroit même où on avait fait de lui un orphelin.

— Notre enfant sera prince…

Elle regretta aussitôt ses paroles. Zakaria fondit sur elle, l'air menaçant.

— Il n'en est pas question ! Jamais, tu m'entends, jamais il ne fera partie de cette mascarade royale.

Il recula d'un pas, le regard perdu, comme habité par ses démons. À cet instant précis, Feriel sut que Zakaria avait pris sa décision et qu'il ne changerait pas d'avis.

Le couperet tomba, net et impitoyable.

— Fais tes valises, tu viens avec moi.

10.

Caracas, trois semaines plus tard

Tandis qu'il descendait les marches de son jet privé, Zak inspira profondément. Aux odeurs de kérosène se mêlait l'air unique du Venezuela.

L'air de Caracas.

— *Bienvenido, Don Zak.*

Il n'était pas mécontent de retrouver Alfonso. Cela faisait des années que l'homme appartenait à son équipe, au même titre que Maria, son épouse, qui lui tenait lieu de secrétaire particulière. Le couple, très discret, travaillait pour lui depuis la mort d'Andrés, qu'il avait servi au préalable.

Par un accord tacite, Zak n'évoquait jamais avec lui les heures sombres de son chauffeur. Celui-ci avait vu beaucoup de choses qu'il préférait sans doute oublier. Jusqu'où était-il allé pour satisfaire le *señor* Bastides ? Une chose était sûre : il ne manquait pas une seule messe ni l'occasion de s'amender d'une vie passée dans les bas-fonds du *barrio.*

— Comment va Maria ?

— Très bien, répondit Alfonso en espagnol. Elle a profité de votre absence pour visiter nos petits-enfants.

Le sourire de l'homme disait sa fierté pour sa *familia* et son amour inconditionnel pour la femme qui l'avait remis sur le droit chemin. Contrairement à son époux, Maria avait toujours été parfaitement respectueuse de la loi. Elle incarnait l'ordre, jusque dans sa façon de travailler, ce qui en faisait une alliée de choix pour l'homme d'affaires que Zak était. Organisée, méticuleuse, elle n'avait pas raté un seul rendez-vous en toute une vie et lui rappelait les siens avec l'efficacité discrète qui la caractérisait.

— *Bienvenido, señorita.*

Alfonso semblait étonné de revoir Feriel mais bien sûr, il ne fit aucune remarque. Zak n'était pas du genre à s'encombrer d'une même femme très longtemps et son chauffeur n'avait jamais eu besoin d'apprendre le nom de ses conquêtes.

— Conduisez-nous à la Casa Miralez.

La surprise d'Alfonso redoubla. C'était la première fois que Zak entrerait chez lui accompagné.

Celui-ci ouvrit lui-même la portière arrière de son 4x4 noir, invitant Feriel à y pénétrer. Puis il la rejoignit sur la banquette arrière de cuir. Un coup frappé à la vitre de séparation et Alfonso disparaissait derrière le verre occulté.

Comme Zak se tournait vers Feriel, il la vit frissonner.

— Tu as froid ?

Il baissa la climatisation tout en passant un bras autour de ses épaules.

— Je suis une femme du désert…

Une façon de lui rappeler qu'elle n'était pas à sa place dans son monde ?

— Caracas bénéficie d'un climat tropical très agréable. Tu y seras vite habituée…

Il jeta un œil par la fenêtre. Rien n'était moins sûr. La ville dans laquelle il avait grandi était si différente du cadre où Feriel s'était épanouie… L'énergie qui s'y déployait était exaltante mais brutale.

Quand il avait exigé qu'elle l'accompagne à Caracas, il avait été persuadé que c'était l'unique option. Et en effet, il ne pouvait imaginer que son enfant naisse à Zmelâa. Pas plus qu'il n'était capable d'envisager de s'y installer un jour.

Zak avait passé au royaume bien plus de temps qu'il n'avait pensé le faire d'abord. Alors qu'il découvrait sa paternité, partir lui avait paru urgent.

Vital.

Il avait toutefois accordé à Feriel trois semaines pour se préparer au voyage. Il la savait très attachée à son pays et compte tenu de son état, il ignorait à quel moment elle pourrait y retourner.

— N'aie crainte pour ta grossesse. Je prendrai soin de toi, crut-il bon d'ajouter.

Mais pour toute réponse, elle se mit à pleurer.

Feriel avait retenu ses larmes durant tout le voyage qui la menait à Caracas. Mais ses nerfs avaient lâché et voilà qu'elle sanglotait malgré elle.

Le regard troublé de Zak ne fit qu'accentuer son malaise. Jamais elle n'avait voulu représenter un fardeau pour lui, or elle savait ce qu'il lui en coûtait de l'introduire dans l'existence barricadée qu'il s'était construite.

S'il l'avait conduite en Amérique du Sud, ce n'était pas

par amour. Non, il consentait à s'occuper de la femme qui portait son héritier, voilà tout.

Après n'avoir été pour lui qu'une simple maîtresse, elle devenait la mère de son enfant.

Était-ce égoïste de sa part, de vouloir davantage ? Son cœur lui criait son désir d'être aimée pour elle-même.

— C'est encore loin ? demanda-t-elle pour rompre le silence qui s'était installé entre eux.

D'un doigt, Zakaria sécha l'une de ses larmes, et Feriel pleura de plus belle. Alors il l'embrassa avec douceur tout en lui caressant les cheveux.

Cette étreinte l'apaisa aussitôt et elle esquissa un sourire contre les lèvres viriles.

— Nous arrivons chez moi, répondit-il enfin en s'écartant d'elle.

La voiture arrêtée, Alfonso leur ouvrit la portière avant de disparaître. À peine était-elle sortie que Feriel laissa échapper un cri d'admiration.

La propriété de Zakaria était un paradis sur terre. Bâtie à flanc de colline, elle surplombait la ville et bénéficiait d'un vaste jardin luxuriant. Palmiers, cocotiers, manguiers, bambous… Partout, le vert dominait. Des lianes tombantes, des fleurs exotiques donnaient une touche sauvage à l'ensemble. Quant aux perroquets et autres perruches qui s'égayaient dans les arbres, ils étaient un pur ravissement pour les yeux !

Enchantée, Feriel se tourna vers Zakaria.

— C'est magnifique.

— Même pour la femme du désert ?

— Même pour elle ! répliqua-t-elle avec gaieté.

Zakaria affichait à présent un large sourire. Avait-il

craint qu'elle n'aime pas cette merveille ? Elle avisa la grande maison colorée, à quelques mètres de là.

— Tu me fais visiter ?

L'air grave, il hocha la tête. Puis il lui prit la main pour la conduire jusqu'à la porte. Et au dernier moment, il la souleva dans ses bras pour lui faire franchir le seuil.

Feriel se mit à rire.

— Est-ce que ce n'est pas une tradition réservée aux jeunes mariées ?

Zakaria la reposa doucement à l'intérieur de la maison, avant de lui prendre le visage en coupe.

— Tu ferais une mariée magnifique.

Elle resta captive de son regard, troublée. Allait-il lui demander sa main ? Avait-il reconnu en elle son âme sœur ? Comme elle avait envie d'y croire à cet instant ! Car elle se trouvait *chez lui* et portait *son enfant*. Surtout, elle l'aimait follement.

Au bout d'un moment qui lui parut une éternité, il s'écarta d'elle, à sa grande frustration.

— Viens.

Zakaria l'entraîna au cœur de la Casa Miralez pour lui révéler ses trésors.

Une grande pièce ouverte et chaleureuse réunissait le salon et la cuisine. L'architecte avait pris soin de créer des espaces à l'aide de fines séparations en briques rouges. Le mobilier de bois, les assises colorées, tout était synonyme de confort et de bien-être.

Aux murs, de nombreux tableaux représentaient Caracas, et Feriel reconnut immédiatement le style de leur auteur.

— Tes œuvres ?

Il hocha la tête.

— Tu as beaucoup de talent, fit-elle tandis qu'il la conduisait vers une salle de bains.

Tout en faïences, elle lui rappela l'étreinte enfiévrée qui l'avait unie à Zakaria au palais. Le rouge aux joues, Feriel s'empressa de quitter les lieux.

Le reste de la maison était à l'avenant : agréable. Alors que l'ensemble de la propriété était gigantesque, chaque pièce était bien proportionnée, ni trop vaste, ni trop étroite.

— C'est la maison la plus incroyable que j'aie vue ! Et pourtant j'ai grandi au milieu des dorures d'un palais…

— Tu l'aimes vraiment ?

Il paraissait soulagé et elle le scruta avec attention.

— Comment pourrait-il en être autrement ? Cette maison te ressemble.

Elle s'approcha de lui pour poser une main sur son torse, là où battait son cœur.

— Du moins, elle ressemble à celui que tu es à l'intérieur, ajouta-t-elle. Celui que tu cherches à tout prix à dissimuler aux autres.

Celui qui m'a fait l'amour avec passion et tendresse.

— C'est moi qui en ai dessiné les plans. Il y a longtemps de cela, conclut-il d'une voix grave.

— Un rêve de jeunesse ? devina-t-elle.

Zak n'aimait pas la tournure que prenait leur conversation. Comme souvent, il lui semblait que Feriel lisait en lui. Or il ne voulait pas s'exposer face à elle. Ce serait lui donner bien trop de pouvoir : le pouvoir de lui faire mal.

Sans répondre, il l'entraîna vers sa chambre, qu'il

ouvrit en grand. Comme Feriel y pénétrait, elle rosit de nouveau. Décidément, cette femme l'étonnait : parfois audacieuse, parfois innocente, elle était dotée d'un charme fou.

— C'est ma chambre… et la tienne.

Elle battit des cils, visiblement perturbée.

— Comment ça ? Tu ne crois tout de même pas que nous allons dormir ensemble ?

Devant son air choqué, il ne put s'empêcher de la provoquer.

— Qui parle de dormir ? répondit-il en levant un sourcil.

Avait-elle peur de lui ? À moins qu'elle ne préfère rester chaste, maintenant qu'elle était enceinte ?

— Est-ce que le sexe t'est interdit durant ta grossesse ?

Elle rougit de plus belle. Hélas, sa candeur ne faisait qu'attiser la passion qu'elle éveillait en lui.

— Non… Le médecin m'a rassurée à ce sujet : le bébé ne risque rien.

Elle avait donc posé la question et cela le mit en joie. Comme elle gardait les yeux baissés, il lui souleva le menton pour river son regard au sien.

— Jamais je ne te contraindrai à partager mon lit, Feriel, tu le sais, n'est-ce pas ? Seulement, j'espère que tu le feras.

Un sourire timide se dessina sur ses lèvres pleines.

— J'aime la chaleur de tes bras, répondit-elle simplement.

Cet aveu lui serra le cœur. Car lui aussi aimait sentir Feriel lovée contre lui. Cela ne manquait pas de l'inquiéter, d'ailleurs. Il s'était cru pour toujours protégé des affres sentimentales. N'avait-il pas fait en sorte de ne tisser aucun lien durable ? Andrés avait été la dernière personne avec qui il avait noué une relation autre que professionnelle. Bien que dans l'ordre des choses, la mort du vieil homme l'avait affecté.

Zak ne voulait plus connaître ça. S'attacher à quelqu'un, c'était prendre le risque de le voir disparaître.

Feriel, comme tous ceux qui avaient tenté de percer ses défenses, finirait par comprendre qui il était vraiment. Un homme brisé incapable de lui offrir ce qu'elle méritait. Et ce jour-là, elle se détournerait de lui.

Pour l'heure, toutefois, il avait envie – besoin – de la garder auprès de lui. Il lui fallait la protéger, veiller sur ce petit être qui grandissait en elle.

— Installe-toi, tu recevras la visite du docteur dans une heure.

Elle le fusilla du regard.

— Tu as pris un rendez-vous pour moi sans même me consulter ?

— Et où est le problème ?

— Eh bien, il s'agit encore de mon corps, il me semble !

— Et de *notre* enfant ! rétorqua-t-il, incrédule.

Il vit à son regard courroucé qu'il en avait trop dit. Bon sang, pourquoi fallait-il que cette femme soit si prompte à se fâcher ?

— Je ne vois pas ce qu'il y a de mal à vouloir prendre part à ta grossesse.

Elle secoua la tête.

— Tu ne vois rien, en effet. Maintenant, si tu veux bien me laisser... Je vais me rafraîchir avant *mon* rendez-vous avec *ton* médecin !

Sans lui laisser le temps de rétorquer quoi que ce soit,

elle entra dans la salle de bains attenante à la chambre, dont elle claqua la porte bruyamment.

Zak en resta pantois quelques instants. Puis il quitta les lieux, pressé de fuir ce qui ressemblait fort à une scène de ménage ! Pas question pour lui de se laisser entraîner dans ce genre de conflits stériles. D'autant que Feriel et lui ne formaient pas un ménage, ni même un couple.

Ils étaient liés, toutefois – pour quelques mois au moins.

Dans la salle d'eau, Feriel fulminait. De nouveau, Zakaria agissait à sa place, en son nom ! Ce rendez-vous médical n'était qu'un détail, mais elle devrait lui faire comprendre qu'elle était une femme indépendante et suffisamment grande pour prendre soin d'elle !

Combien de fois Jalil ou son père avaient-ils cru bon de se mêler de ses affaires ? L'idée même que Zakaria puisse discuter de sa grossesse sans qu'elle soit présente lui était insupportable.

Elle soupira. Au moins ce rendez-vous lui permettrait de transmettre au médecin qui la suivrait à Caracas son dossier médical et les analyses qu'elle avait déjà effectuées au palais.

Pour le moment, elle n'avait qu'une envie : se délasser après le long voyage qui l'avait conduite à Caracas. Elle se fit donc couler un bain, dans lequel elle versa les sels colorés trouvés sur le rebord de la grande baignoire sur pieds dorés.

Zakaria avait-il prévenu sa gouvernante qu'il recevrait une invitée ou bien avait-il l'habitude de disposer de ce genre de produits de beauté pour ses maîtresses ?

Ignorant la jalousie qui venait se nicher dans son cœur, elle glissa dans l'eau chaude, parfumée et mousseuse. Un gémissement de plaisir lui échappa. Déjà, ses soucis devenaient plus légers. Peut-être avait-elle surréagi avec Zakaria ? Après tout, il avait probablement voulu bien faire en organisant ce rendez-vous pour elle.

Tandis qu'elle se faisait cette réflexion, elle ferma les yeux de contentement et bientôt, s'endormit.

— Feriel ?

Cela faisait vingt minutes qu'elle était enfermée dans la salle de bains et Zak commençait à s'inquiéter.

— Feriel ? répéta-t-il derrière la porte.

Comme elle ne répondait toujours pas, il fit tourner le loquet pour entrer et se figea sur le seuil.

Dans la baignoire pleine de mousse, Feriel était endormie. De l'eau, seuls ses seins émergeaient. Deux globes ronds et tentateurs qu'il aurait volontiers caressés.

Il aurait dû faire demi-tour, quitter cette pièce où il n'avait pas été invité. Pourtant il en fut incapable. Cette femme lui inspirait des émotions si intenses…

Du désir, bien sûr, mais pas uniquement. Il y avait autre chose, qu'il n'arrivait pas à définir.

Il s'approcha de la baignoire et vint s'asseoir sur le rebord, à un souffle d'elle. Il était étrange et en même temps si *naturel* de la voir ici, dans ce lieu intime. Chez lui. C'était un peu comme si elle y avait sa place de toute éternité et pour toujours.

Incapable de résister, il lui caressa la joue. Au même moment, elle ouvrait les yeux. Elle ne parut pas étonnée de le trouver là. Au contraire, elle lui sourit et posa sa main sur la sienne.

Zak aurait souhaité que ce moment dure toujours. S'il n'y prenait pas garde, il pourrait prendre goût à cette tendre complicité entre eux.

— Le médecin ne va pas tarder, fit-il doucement.

Pour toute réponse, elle se leva dans la baignoire, lui révélant son corps de déesse. Elle affichait un sourire tranquille, de ceux qu'elle lui offrait si souvent.

À cet instant précis, il sut qu'il était perdu. Car plus que du désir, c'était des sentiments inouïs et jusque-là inconnus que Feriel lui inspirait.

11.

— Vous êtes en parfaite santé, *señorita.* Et d'après les premières images de l'échographie, les bébés aussi.

Incrédule, Feriel scruta tour à tour le médecin puis Zakaria.

— *Les* bébés ? fit ce dernier, visiblement aussi étonné qu'elle.

Elle l'avait invité à se joindre à elle pour sa visite médicale et c'était une chance, car contrairement à elle, Zakaria était encore capable de parler.

— Ce sont des jumeaux ? ajouta-t-il, faisant écho à ses pensées.

Le médecin leur adressa un grand sourire.

— Vous l'ignoriez ? Ah ! j'espère que c'est une bonne surprise, au moins ?

L'était-ce ? Feriel nageait en pleine confusion, pourtant la réponse fusa en elle, limpide.

— Bien sûr ! dit-elle enfin. C'est une incroyable nouvelle.

Elle riva son regard à celui de Zakaria, attendant qu'il s'exprime, mais il garda le silence.

— Des cas de gémellité dans la famille ? poursuivait le docteur avec entrain.

Pour toute réponse, Zakaria hocha la tête.

Il avait l'air si sombre que Feriel sentit les larmes lui monter aux yeux. Était-il contrarié d'être bientôt le père non pas d'un mais de *deux* enfants ? Quelques semaines plus tôt, il ne voulait pas entendre parler de famille et voilà qu'il s'apprêtait à accueillir une double progéniture !

— Il va vous falloir prendre soin de vous, durant les sept mois qui vous séparent encore de la naissance, dit le médecin. Comme vous le savez probablement, les grossesses gémellaires comportent davantage de risques et…

— Quels risques ? l'interrompit Zakaria d'une voix dure.

— Eh bien, les cas de prématurité sont bien plus importants, par exemple. Votre objectif à partir d'aujourd'hui va être de conduire cette grossesse au plus près de son terme. Mais rassurez-vous, nous allons surveiller ces petits de près.

Instinctivement, Feriel posa une main protectrice sur son ventre encore plat.

— Avez-vous des recommandations particulières ? demanda-t-elle.

— Elles sont très simples, *señorita* : manger sainement, vous reposer et faire un peu d'exercice. La nature se chargera du reste.

Rassurée, Feriel sourit. Le destin, la nature ou l'amour : quel que soit le mot que l'on attachait à la conception d'un enfant, c'était un cadeau.

— Ces bébés sont une bénédiction, laissa-t-elle échapper.

À son grand désarroi, elle vit Zakaria se raidir encore. Il affichait un visage grave, que sa cicatrice rendait presque sinistre. Tentée de lui redonner le sourire, elle voulut lui prendre la main mais il s'écarta d'elle.

— Pourrais-je vous parler en privé, docteur ? fit-il en se dirigeant vers la porte.

Une minute plus tard, Feriel se retrouvait seule dans la salle d'examen, les larmes aux yeux. Elle avait été surprise de découvrir cet espace médicalisé au sein de la Casa Miralez. En fait, la pièce ressemblait beaucoup à celle qu'elle avait fait aménager au palais pour Aliyah. Zakaria lui avait expliqué avoir donné ses instructions au meilleur obstétricien de Caracas, pour que tout soit en place à leur arrivée.

Comme elle, cet homme ne laissait rien au hasard. Pourtant tous deux avaient perdu le contrôle durant une nuit de passion qui ferait bientôt d'eux les parents de jumeaux inattendus…

Feriel songea à l'échographie. Elle n'avait pas vu grand-chose sur les images en noir et blanc, mais entendre battre le cœur de ses enfants l'avait bouleversée au plus haut point. Cette joie, comme elle aurait aimé pouvoir l'exprimer en compagnie de Zakaria ! Hélas, celui-ci se montrait toujours plus insaisissable.

Peut-être était-il temps d'admettre qu'il en serait toujours ainsi ? À force d'espérer qu'il change pour elle, Feriel risquait de souffrir, encore et encore. Or elle avait besoin d'être forte : ses enfants le méritaient bien. Quant au bonheur d'être bientôt maman, elle ne laisserait rien ni personne venir le ternir.

Depuis son entrevue avec le médecin, Zak était rongé par l'angoisse. Bien que les paroles du docteur aient été rassurantes, il ne parvenait pas à s'ôter de la tête que Feriel et leurs enfants couraient un danger. Cette grossesse était à risque et lui ne pouvait rien y faire.

Rien, si ce n'est veiller au mieux sur la santé de son intrépide invitée. Cela faisait quelques jours maintenant qu'ils étaient arrivés à Caracas et Feriel ne manquait jamais une occasion de sortir. Il l'accompagnait chaque fois, bien sûr, contrarié cependant qu'elle ne reste pas sagement sur la terrasse ensoleillée de sa propriété.

Ce jour-là, quand il la vit quitter la chambre dotée d'un sac à dos, il s'emporta malgré lui.

— Bon sang ! Mais où comptes-tu aller comme ça ?

Elle leva les yeux au ciel.

— Tu te souviens que je suis censée faire un peu d'exercice ? Eh bien aujourd'hui, je vais me rendre au pic El Ávila. La vue doit y être exceptionnelle.

— Pas question ! rétorqua-t-il. C'est bien trop haut et tu dois te ménager.

Avec un soupir, elle ajouta une gourde à ses affaires.

— Je prendrai le téléphérique. Et puisque tu t'inquiètes tant, viens avec moi…

Zak connaissait assez Feriel pour savoir qu'il ne la ferait pas changer d'avis, aussi accepta-t-il de jouer les guides auprès d'elle. Et puis, il devait reconnaître qu'il était tenté de lui faire découvrir sa ville depuis les sommets.

— Très bien, allons-y.

Une heure plus tard, ils arrivaient à la gare de départ.

— *Buenos días, Don Zak.*

Zak salua l'homme chargé des remontées mécaniques. Sans qu'il ait besoin d'en faire la demande, celui-ci les fit remonter la file et c'est seuls qu'ils pénétrèrent dans la cabine étroite. Bientôt, elle s'éleva dans les airs.

— C'est la première fois que j'emprunte un téléphérique, s'écria Feriel, l'air ravi.

Devant son enthousiasme, Zak se détendit enfin. Pourquoi ne profiterait-il pas de cette journée ?

— Si tu savais comme je l'ai observé, lorsque j'étais enfant…

Il avait passé des heures, les yeux tournés vers le ciel, attendant le jour où il pourrait s'offrir un ticket.

— J'avais dix ans, la première fois que je suis monté à bord d'une cabine. Je me rappelle encore cette sensation…

— La sensation de voler ! compléta Feriel, un sourire aux lèvres.

— Exactement !

Il avait surtout eu l'impression de dominer le monde. Pour une fois, il voyait au-delà du bidonville. Vue du ciel, la ville lui avait paru vaste, bien sûr, mais également franchissable. Il y avait une vie après Caracas.

— J'ai volé l'argent, lâcha-t-il.

Feriel tourna vers lui un regard interrogateur.

— Pour monter dans le téléphérique, poursuivit-il. C'était le jour de mon anniversaire et disons que je me suis fait ce cadeau à moi-même.

Il soupira.

— Je ne suis pas très fier de ces années-là…

Il n'y avait pas l'ombre d'un reproche dans le regard de Feriel, juste cette douceur qui la caractérisait.

— Tu n'étais qu'un gamin. Un enfant plein de rêves…

Il hocha la tête.

— Les rêves sont une porte vers le bonheur. Ils m'ont sauvé.

C'est l'espoir qui l'avait conduit à sortir de l'ornière. Dès sa plus tendre enfance, il n'avait songé qu'à cela : s'échapper de la crasse, de la violence qui constituait son univers. Il avait rêvé de s'évader. De monter dans ce téléphérique pour aller loin – le plus haut possible.

Il avait gravi des sommets dans les affaires mais une fois sa fortune acquise, il avait décidé de bâtir sa réussite là où il avait connu la galère.

— Pourquoi es-tu resté à Caracas ? demanda Feriel, en écho à ses pensées. Après tout ce que tu y as vécu, tu aurais pu vouloir partir…

— C'est justement parce que j'y ai connu l'enfer que j'ai décidé de m'y installer.

Il hésita quelques instants avant de poursuivre.

— J'ai fait raser l'orphelinat dans lequel j'ai grandi et bâti à la place une maison dédiée à la jeunesse. Elle accueille les enfants dans le besoin : toutes mes équipes œuvrent à la recherche d'une famille digne de ce nom, au Venezuela ou à l'étranger. Nous avons des filiales partout dans le monde. Les plus grands sont formés afin de leur permettre de décrocher un travail. Surtout, nous faisons en sorte que les fratries ne soient pas séparées.

Feriel le dévisageait à présent, l'air grave.

— Tu réalises pour les autres les rêves qui étaient les tiens…

Zak n'aimait pas parler de lui, aussi garda-t-il le silence.

— Comment se fait-il que tes œuvres philanthropiques ne figurent pas dans le dossier que Malek m'a remis à ton sujet ? Notre sultan n'aurait jamais laissé passer une information pareille…

Sous le regard de Feriel, il avait soudain l'impression d'être *mis à nu*.

— Ton mécénat est anonyme, devina-t-elle.

Cette fois, Zak sourit devant sa perspicacité.

— Je te l'ai dit : je préfère de loin l'ombre à la lumière.

Le cœur de Feriel saignait pour le petit garçon que Zakaria avait été. Un enfant seul, devenu un homme généreux. Bouleversée, elle remarqua à peine que la cabine s'était arrêtée.

— Nous sommes arrivés au parc national El Ávila, dit-il, la tirant de sa torpeur.

Comme ils quittaient la cabine, elle constata que cet arrêt n'était qu'une étape du voyage.

— Le téléphérique redescend ensuite vers les plages de Macuto, expliqua Zakaria. Mais c'est d'ici que tu auras le plus beau panorama. Viens…

Il l'entraîna à l'écart et bientôt, Feriel tomba sous le charme de Caracas. À moins que ce ne soit sous celui de son guide ?

La ville s'étendait sous leurs yeux, immensité moderne au milieu des montagnes éternelles. Au nord, on distinguait la mer des Caraïbes.

— Quelle vue magnifique ! dit-elle avec sincérité. Je comprends que tu sois attaché à cet endroit. Il émane de cette ville une telle énergie.

Il passa un bras autour de ses épaules.

— Sauras-tu t'y habituer ? C'est si différent de Zmelâa…

À court de mots, Feriel s'abstint de répondre. Quand Zakaria lui offrait la chaleur d'une étreinte, comme c'était le cas à l'instant, tout lui semblait possible. Et même de vivre loin du désert. Mais il suffisait qu'il s'éloigne d'elle pour que le doute sème son poison en elle.

Zakaria et elle n'avaient pas parlé de l'avenir. C'était un peu comme s'ils ne parvenaient pas à se projeter au-delà de la naissance de leurs enfants. Et pour cause : il leur fallait déjà assimiler cette réalité qui faisait d'eux de futurs parents.

Pouvait-elle envisager son avenir à Caracas, loin de chez elle ? Survivrait-elle auprès d'un homme qui ne l'aimait pas ?

Ils restèrent un long moment l'un à côté de l'autre, le regard perdu vers l'horizon. Elle n'osait lui poser des questions, elle avait trop peur des réponses.

Enfin, il lui prit la main pour marcher un peu avec elle.

— On rentre à la maison ? proposa-t-il après une petite randonnée.

À la maison. Les mots étaient aussi familiers qu'irréels, pour Feriel. La Casa Miralez était la propriété de Zakaria, celle qu'il avait imaginée alors qu'il n'était qu'un enfant. Ce serait un jour le foyer de leurs bébés.

Mais elle, quelle place y aurait-elle ? Son ténébreux cheikh consentirait-il un jour à partager avec elle ce rêve qu'il avait réalisé seul ?

Toute la journée, Zak avait résisté à la tentation. Mais à peine était-il monté avec Feriel dans la cabine du téléphérique qu'il céda à ses instincts.

Tandis que l'appareil s'ébranlait, il attira sa compagne à lui pour l'embrasser. Déjà, elle gémissait de plaisir contre lui, preuve s'il en fallait qu'elle partageait son désir.

La bouche de sa compagne était si douce, il la sentait

sourire sous ses lèvres. Feriel était ainsi : sans artifices, elle ne craignait jamais d'exprimer son plaisir, sa joie.

Elle était entrée dans son existence sombre pour y apporter sa lumière. Il serait fou de refuser ce cadeau qu'elle lui faisait…

Il la plaqua contre la paroi vitrée et fut grisé par la force de cet instant. Caracas était à ses pieds, Feriel dans ses bras. Il goûtait une pure félicité, il se sentait l'âme d'un conquérant !

Quel chemin il avait parcouru depuis son premier voyage dans ce téléphérique ! Vingt années avaient passé… Ce petit garçon qui était monté dans la cabine le cœur plein d'espoir ferait à jamais partie de lui. Mais peut-être était-il temps pour Zak de se libérer des peurs qui l'avaient asphyxié enfant.

La femme lovée dans ses bras était une chance. Les bébés qu'elle portait, une bénédiction. Il les protégerait de la noirceur du monde et pour cela, il lui faudrait quitter les ténèbres. Y parviendrait-il ?

Alors que Feriel murmurait son prénom dans le ciel, il se fit la promesse d'essayer.

De retour à la Casa Miralez, Feriel était heureuse. Oui, heureuse. Ces moments passés sur le mont El Ávila et les hauteurs de Caracas lui avaient fait l'effet d'une parenthèse enchantée. Enfin, Zakaria s'était ouvert à elle. Découvrir qu'il était le mécène d'enfants défavorisés l'avait bouleversée à plus d'un titre. D'un côté, il demeurait lié à ce passé terrible qui avait été le sien. Mais de l'autre, il avait trouvé le moyen de transformer sa souffrance en œuvre de bienfaisance.

Si Zak était capable d'une telle prouesse, de cette résilience, alors sans doute saurait-il être le père dont lui-même avait été privé. C'était en tout cas son vœu le plus cher.

Quant à leur relation, il était encore trop tôt pour se prononcer. Mais une chose était sûre, dans les bras de cet homme, Feriel se sentait *à sa place*. Et c'était peut-être ça, la clé de leur bonheur.

— Je t'aime, Zakaria, avoua-t-elle.

Elle ne se tairait plus. Zakaria devait connaître les sentiments qu'elle éprouvait à son encontre. En effet, il était temps qu'il comprenne qu'il était digne d'amour.

Je t'aime. Sous le choc des mots, Zak s'écarta de Feriel. C'était la première fois qu'il recevait pareille déclaration. Elle résonnait maintenant en lui comme une promesse. Une promesse de bonheur auquel il n'était pas sûr d'avoir droit.

Feriel lui offrait son cœur et lui donnerait bientôt la famille dont il avait rêvé autrefois. Que pouvait-il lui apporter en retour ?

— Épouse-moi, se surprit-il à dire.

Par une union, il lui garantirait sa protection et un foyer. Il veillerait sur sa femme et ses enfants.

— Pourquoi ? demanda-t-elle, les yeux pleins d'espoir.

Bien qu'il se soit découvert pour Feriel des sentiments intenses, il fut incapable de prononcer à son tour les trois mots fatidiques – ceux que de toute évidence, elle attendait.

— Puisque nous nous apprêtons à devenir parents,

le mariage est tout indiqué pour nous. Je ne voudrais pas que l'on raconte que j'ai mis ma maîtresse enceinte.

Feriel lui jeta un regard assassin.

— Depuis quand te soucies-tu de ta réputation, Zakaria ? Tu es connu au Venezuela et ailleurs comme un homme dangereux, un hors-la-loi !

— Ce n'est pas ma réputation que je cherche à protéger, mais la tienne et celle de nos enfants.

— En parlant de moi comme de ta *maîtresse* ? Parce que c'est ce que je suis pour toi, n'est-ce pas ? Une femme de plus séduite par le Maître de Caracas ! Une conquête de passage à la Casa Miralez !

Il secoua la tête, étonné par sa virulence.

— Absolument pas ! Et d'ailleurs, tu es la première à avoir franchi le seuil de ma propriété.

Elle cilla.

— Vraiment ? Je n'en crois pas un mot. Je sais que tu collectionnes les femmes et je refuse de figurer à ton tableau de chasse !

— Pourquoi te mentirais-je ? Cette maison est la mienne et je l'ai toujours préservée. Aucune avant toi n'y a mis le pied.

Elle pointa son index sur son torse.

— Eh bien, si tu crois que tu vas aujourd'hui m'y enfermer, tu te trompes, Zakaria !

Comment la conversation avait-elle pu lui échapper si vite ? se demanda-t-il, incrédule. Quelques instants plus tôt, Feriel lui révélait qu'elle l'aimait et voilà qu'elle s'emportait contre lui.

— Tu ne veux pas m'épouser ?

Au soupir qu'elle laissa échapper, il comprit qu'il s'enlisait tout à fait.

— Je suis une femme libre et indépendante, Zakaria. Je n'ai pas besoin d'un mari qui veille sur moi. Ce que je veux…

Elle hésita quelques instants.

— Je veux un homme qui partage mes sentiments. Je veux un époux qui m'aime. Je n'attends rien de plus de toi. Et rien de moins.

Voilà, elle l'avait dit. Feriel avait posé ses conditions. Exprimer ses attentes auprès de Zakaria l'avait soulagée d'un poids énorme. Soudain, il lui était apparu évident qu'elle ne pourrait se contenter d'un compromis.

Ses enfants et elle méritaient le meilleur : une vie sous le signe de l'amour. À quoi bon se marier, si les sentiments n'étaient pas au rendez-vous ?

Zakaria pensait-il vraiment qu'elle pourrait se satisfaire d'un époux protecteur ? D'un *foyer*, quand bien même il s'agissait de la plus belle maison qu'elle ait visitée ?

Non, elle voulait davantage, tellement plus !

Bien sûr, elle prenait un risque en poussant de nouveau Zakaria dans ses retranchements, pourtant elle était persuadée qu'il suffirait à son ténébreux cheikh d'ouvrir son cœur pour être enfin heureux.

Avec elle.

Tous deux étaient faits l'un pour l'autre ! Zakaria pouvait bien se croire maudit, elle savait qu'il était une bénédiction dans son existence. Restait à l'en convaincre.

— Tu dois retourner à Zmelâa, dit-elle d'une voix apaisée.

— Il n'en est pas question, rétorqua-t-il aussitôt, je n'ai plus rien à y faire ! Et ne compte pas sur moi pour t'y reconduire. En fait, j'espère plutôt te convaincre de rester ici, auprès de moi.

Il avait l'air perturbé et elle fut tentée de le rassurer sur ses motivations. En aucun cas, elle ne voulait le quitter. Sa place était auprès de lui, cela ne faisait aucun doute.

Feriel s'approcha de Zakaria et caressa sa joue meurtrie.

— Tu ne pourras construire un avenir serein si tu n'es pas en paix avec ton passé. Pars et reviens-moi, je t'attendrai.

12.

Zmelâa, le lendemain

Comment avait-il pu accepter de revenir au palais ? À peine Zak avait-il posé le pied sur le sol marbré qu'une sensation d'oppression l'avait saisi à la gorge. Tout cela : les colonnes hautes, les dorures, le faste d'un lieu chargé d'histoire, ce n'était pas pour lui.

Et pourtant, pour la deuxième fois, il avait accepté de pénétrer dans le berceau de ses tourments, à la demande de Feriel.

La jeune femme lui avait posé un ultimatum, ni plus ni moins. Et lui, toujours maître de ses décisions, y avait répondu ! Il n'arrivait pas à le croire…

En fait, sans doute aurait-il refusé de se plier aux exigences de Feriel s'il n'avait su, au fond de lui, qu'elle avait raison. Parce qu'il s'apprêtait à devenir père, à prendre ce tournant décisif dans sa vie, il était temps pour lui d'affronter ses démons. Et même, de les vaincre.

Certes, il avait survécu aux traumatismes de son passé, à l'abandon, à la faim, à la solitude. Mais comme le lui avait soufflé Feriel avant de lui dire au revoir : « Survivre n'est pas vivre ».

« Accorde-toi la même chance que celle que tu offres

à tous ces enfants désespérés. Il n'est jamais trop tard pour être heureux, tu sais », avait-elle conclu, avec cette infinie douceur dans le regard. Elle lisait en lui depuis le premier jour. Par ses yeux, ses mots, sa voix, elle l'avait convaincu qu'une tout autre existence, plus sereine et joyeuse, était à sa portée. Et il lui devait de se lancer dans cette quête. D'ailleurs, ne s'était-il pas fait la promesse d'essayer de quitter les ténèbres dans lesquelles il s'était muré il y a bien longtemps ?

Feriel était comme une lumière au bout d'un tunnel solitaire. Et dire qu'il l'avait laissée à Caracas ! Il avait d'abord refusé de partir sans elle, mais elle avait insisté et promis de rester sagement à la Casa Miralez durant son absence, avec Maria pour compagnie.

D'ici deux ou trois jours tout au plus, Zak serait de retour chez lui. Et alors, peut-être, Feriel accepterait-elle de l'épouser ? Lui qui autrefois n'imaginait pas se marier ne parvenait plus à envisager de vivre sans elle. Était-ce cela, l'amour ? Confier à l'autre la clé de son bonheur ?

Tout à ses réflexions, Zak arpentait maintenant le palais, à la recherche de son jumeau. Quelques semaines plus tôt, pressé d'éloigner Feriel de Zmelâa, il n'avait pas su comment se séparer de sa fratrie. Il était parti sans annoncer sa future paternité et sans même saluer Aliyah et Hassan, ne laissant derrière lui qu'un courrier lapidaire :

La route est longue. Le monde est vaste.
Nous nous reverrons.
Z.

Comme il approchait de la salle du trône, Zak tomba nez à nez avec son frère.

— Tu n'es pas rentré à New York ? lui demanda-t-il simplement, comme s'ils s'étaient vus la veille.

Hassan secoua la tête.

— Il faut croire que j'attendais ton retour, mon frère.

Mon frère. À ces mots et pour la première fois, Zak sentit une émotion intense l'envahir. Jusqu'ici, il avait tout fait pour ignorer Aliyah et Hassan, parce qu'il avait été incapable de voir en eux une famille, *sa famille*. Mais à l'heure où lui-même s'apprêtait à devenir père, la réalité s'imposait à lui avec force. Les liens du sang n'avaient pas à être un fardeau, une chaîne le retenant prisonnier de ceux qu'il voulait fuir. Non, ils étaient une attache, une main tendue vers ceux qu'il choisirait d'aimer.

— Feriel est enceinte, déclara-t-il avec émotion. Elle attend des jumeaux.

L'air stupéfait, Hassan resta silencieux un long moment. Puis soudain, il le prit dans ses bras. Alors, acceptant ce cadeau que son frère lui faisait, Zak lui rendit son étreinte.

— Trente ans…, murmura Zak.

Hassan riva son regard au sien. Ce regard émeraude hérité du père qui les avait bannis. Ces yeux qu'ils partageaient tous deux, avec leur sœur aussi.

— Pardon ?

— Je crois que cela fait trente ans que j'attends ce moment…

Zak et Hassan échangèrent leur premier sourire complice, puis sortirent ensemble du palais. Alors, ils se mirent à marcher côte à côte, comme si c'était la chose la plus naturelle du monde. Durant un long moment, dans la forêt ou sur la plage, ils se contentèrent d'échanger quelques anecdotes de leurs vies respectives. Aucun d'eux n'était très bavard et leur promenade fut marquée par de nombreux silences. Mais rien ne pressait, après tout : ils avaient désormais toute une vie devant eux pour rattraper le temps perdu.

À midi, ils décidèrent de regagner le palais en passant par le haras. Les étalons étaient rentrés dans leurs boxes et il n'y avait pas âme qui vive dans la plaine.

Un cri dans le ciel, et Zak leva les yeux. Venant du désert ou peut-être d'ailleurs, deux aigles tournoyaient au-dessus de leurs têtes.

Deux rois réunis sous le soleil.

Caracas, une semaine plus tard

Feriel était sur des charbons ardents. Voilà sept jours et sept nuits que Zak était parti pour Zmelâa, et elle n'avait pas eu de ses nouvelles. Elle avait attendu qu'il l'appelle, son téléphone portable vissé à la main – en vain. Au point qu'elle se prenait à regretter de l'avoir incité à rejoindre le royaume.

Et si au lieu de trouver des réponses là-bas, il en était reparti avec davantage de questions encore ? Et s'il avait soudain renoncé à l'existence qu'il avait bâtie à Caracas pour s'envoler à l'autre bout du monde ? S'il avait renoncé à *elle* ?

Feriel avait interrogé Maria mais la dévouée secrétaire lui avait assuré n'avoir reçu aucune consigne de son maître depuis son départ. Zakaria avait donc *aussi* délaissé ses affaires. Ce qui ne lui ressemblait pas.

Après s'être fait violence pour ne pas le contacter

directement, elle décida, au comble de l'angoisse, d'appeler Aliyah.

— Feriel ? fit la sultane en décrochant. J'allais te téléphoner justement : je viens d'apprendre la grande nouvelle ! Je n'arrive pas à croire que tu m'aies caché un tel secret…

Feriel garda le silence, mal à l'aise. Elle avait bien sûr été tentée de révéler sa grossesse à Aliyah avant son départ pour Caracas, mais elle avait craint que son amie ne comprenne dans quelle détresse émotionnelle elle se trouvait. Si elle avait douté de son bonheur ne serait-ce qu'un instant, Aliyah aurait tout fait pour la retenir auprès d'elle.

— Mais cela n'a pas d'importance, poursuivit son amie. Je suis si heureuse ! Des jumeaux… C'est tout simplement incroyable et…

— Comment va-t-il ? coupa Feriel, n'y tenant plus.

Un long silence lui répondit.

— Zakaria n'est pas avec toi ? rétorqua enfin la sultane.

La gorge nouée, Feriel voyait ses pires craintes se confirmer.

— Non.

Zakaria l'avait abandonnée et avec elle, la promesse d'un avenir heureux avec leurs enfants à naître. Comment avait-elle pu à ce point se fourvoyer ? Elle avait cru en lui, elle avait cru en eux !

— Il n'est pas rentré à Caracas, ajouta-t-elle d'une voix qu'elle reconnut à peine.

— Il y a sûrement une explication, Feriel. Hassan m'a assuré qu'il allait bien, quand ils se sont dit au revoir. Je vais demander à Malek de se renseigner…

— Quand a-t-il quitté Zmelâa ? demanda-t-elle avec espoir.

— Il y a quatre jours, mais…

— Merci, Ali, coupa-t-elle de nouveau.

Elle n'avait pas besoin d'en savoir plus. Zakaria aurait dû être de retour, or il ne l'avait pas même appelée.

— Comment vont les enfants ? demanda-t-elle, les larmes aux yeux.

À cet instant, elle aurait tout donné pour se téléporter au palais et pouvoir serrer sa filleule et le petit Farès dans ses bras.

— Meriem nous offre ses premiers sourires : Malek et moi sommes aux anges. Quant à mon adorable neveu, il passe ses journées à dormir paisiblement : l'air du désert lui réussit !

Feriel sourit à l'évocation des bébés qui seraient bientôt les cousins des siens. Zakaria les reconnaîtrait-il ? Elle n'osait imaginer qu'il puisse en être autrement.

— Alors Hassan et Nesrine sont toujours là ? Je les croyais pressés de regagner New York.

— Ils partent à la fin de la semaine. Je crois que Hassan espérait revoir Zakaria avant son départ… et c'est chose faite.

Aliyah marqua une pause, et poursuivit :

— Malek va le retrouver, Feriel, ne t'inquiète pas. Je t'appelle dès que nous l'avons localisé. Et d'ici là, s'il te plaît, prends soin de toi.

— Promis, répondit-elle, sincère.

En tant que future maman, elle avait à cœur de rester en forme.

À peine avait-elle raccroché qu'elle composa un autre numéro. Celui de Zakaria, cette fois. S'il comptait s'esquiver, il faudrait qu'il le lui dise en personne. Hélas, il ne répondit pas à son appel.

Un soupir au bord des lèvres, Feriel décida d'aller se reposer dans le hamac installé sur la terrasse de la Casa Miralez. Elle était épuisée, après cette conversation avec Aliyah. Entendre la voix de son amie l'avait heureusement rassérénée, bien que les nouvelles ne soient pas bonnes.

Elle s'allongea et éblouie par le soleil, ferma les yeux. Si Zakaria lui avait faussé compagnie, alors il lui faudrait bientôt songer à ses options. Rentrer au palais auprès de sa meilleure amie ? Séjourner dans sa famille jusqu'à la naissance ? Rester à Caracas en attendant l'arrivée de ses bébés ? Après tout, elle se plaisait ici et bénéficiait d'un suivi médical de pointe. Surtout, elle ne pouvait à ce stade renoncer à l'espoir de voir Zakaria réapparaître…

Elle l'aimait, même si à cet instant, elle le détestait de la laisser ainsi dans le doute.

Posant une main sur son ventre, elle songea aux enfants qu'elle avait le bonheur de porter et c'est sur cette douce pensée qu'elle s'endormit.

Feriel sentit soudain le soleil se voiler derrière ses paupières closes. Émergeant d'un rêve délicieux où Zakaria l'embrassait avec passion, elle ouvrit les yeux pour découvrir l'objet de ses fantasmes devant elle.

— Zakaria ? fit-elle, peinant à croire qu'il s'agissait bien là de la réalité.

— Je suis là, *mi amor.* Tu es si belle quand tu es endormie que je n'ai pas osé te réveiller.

— Alors tu es rentré ?

Il afficha un air étonné.

— Bien sûr ! Tu en doutais ?

— Oui, répondit-elle avec franchise. Aliyah m'a dit que tu avais quitté Zmelâa il y a quatre jours…

Où étais-tu ?

Elle n'osa lui poser cette question qui lui brûlait les lèvres, craignant peut-être sa réponse…

— Avant de rentrer, il me fallait régler trois affaires importantes.

Dévorée par la curiosité, Feriel lui laissa choisir ses mots avec patience.

— Tout d'abord, je me suis rendu à Chabâne.

Elle comprit aussitôt.

— Tu es allé trouver le sultan Jawad…, souffla-t-elle.

Zakaria hocha la tête.

— Et il est exactement comme je me le représentais. Arrogant, hargneux… et vieux. Il n'a pas manifesté la moindre émotion en faisant ma connaissance ni le moindre remords, si ce n'est celui de n'avoir pas su nous museler à jamais, mon frère et moi.

Feriel frémit devant ces paroles prononcées avec calme.

— Qu'attendais-tu de ce face-à-face ?

— Absolument rien, aussi n'ai-je pas été trop déçu !

— Alors pourquoi être allé là-bas ?

Une lueur menaçante voila le regard émeraude.

— Je voulais m'assurer que jamais il ne prendrait au sultan l'idée de revenir à Zmelâa pour tourmenter ma sœur.

Feriel sentit les larmes affluer à ses paupières. Zakaria se montrait protecteur envers Aliyah, signe qu'il avait compris que la sultane cachait une grande sensibilité et une certaine vulnérabilité sous sa force extraordinaire. Le retour de ses frères avait été synonyme pour elle de terribles révélations sur ses parents. Elle faisait face mais était certainement plus fragile qu'elle le montrait.

Zakaria fit quelques pas, sans cesser de la regarder.

— Je me suis ensuite rendu à Zouhir, sur la tombe de Nidhal.

— Nidhal ? répéta Feriel.

— Ma mère et celle de Hassan. Elle est enterrée dans le cimetière d'un petit village sans prétention. J'espère qu'elle y a trouvé la paix qui lui a fait défaut au palais…

— Je sais peu de chose sur elle, avoua Feriel, émue. Mais je suis certaine qu'elle aurait été fière de ses fils.

— Le crois-tu vraiment ? fit-il, l'air égaré. Sa vie a été un tel naufrage… Quand j'ai découvert son histoire, je me suis senti responsable de son malheur. Elle est morte en nous donnant la vie. Ou plutôt, parce qu'elle nous a perdus…

Feriel quitta le hamac pour étreindre Zakaria.

— Tu n'es coupable de rien ! Je t'interdis de le penser ne serait-ce qu'un instant. Hassan et toi êtes les premières victimes de ce drame familial. Pourquoi devriez-vous porter à jamais un tel fardeau ?

Zakaria esquissa un sourire, avant d'embrasser Feriel.

— Tu es toujours si sûre de toi… Si douce. Tu dois me promettre une chose, Feriel.

Il avait l'air si grave, tout à coup…

— Oui ?

— Laisse-moi prendre soin de toi. Je ne supporterais pas qu'il vous arrive quelque chose, à nos enfants et toi.

Elle lui caressa la joue.

— Il ne m'arrivera rien, je te le promets, Zakaria. Nos jumeaux naîtront en parfaite santé et j'espère bien que nous pourrons prendre soin d'eux *ensemble*.

Il lui prit les deux mains, visiblement apaisé.

— Cela m'amène à te raconter la troisième affaire qui m'a retenu loin de toi ces jours-ci.

Sans savoir où il voulait en venir, Feriel l'invita à poursuivre.

— Je me suis rendu dans les Dunes bleues… Une région magnifique !

Les Dunes bleues ? Le cœur de Feriel se mit à battre furieusement car c'est là que vivait sa famille.

— Je me suis présenté chez ton père…

Elle retint son souffle, imaginant déjà toutes sortes de scénarios.

— Figure-toi que j'ai interrompu un déjeuner avec ses fils. Tes *quatre* frères !

Feriel ne put s'empêcher de rire à cette idée.

— Tu ne m'avais pas dit qu'il s'agissait de colosses, poursuivait Zakaria, un sourire aux lèvres.

— Je ne savais pas qu'il te prendrait l'envie de les rencontrer. Pourquoi es-tu allé voir mon père ? demanda-t-elle pleine d'espoir.

— Eh bien, pour lui demander ta main, *mi amor*…

Folle de joie, Feriel se jeta à son cou.

— J'imagine la scène… Et que t'a répondu mon père ?

— Tout d'abord, tes frères m'ont passé sur le gril. J'ai eu droit à toutes sortes de questions…

Elle soupira, guère étonnée.

— C'est plus fort qu'eux. Ils ne peuvent pas s'en empêcher. J'espère qu'ils se sont montrés pondérés.

— Pondérés ? rétorqua Zakaria en riant. Pas vraiment, non ! Mais comment leur en vouloir de chercher à protéger leur petite sœur ? En fait, je n'étais pas mécontent de répondre à leur interrogatoire. Cela nous a permis de faire connaissance. Ils sont plutôt sympathiques, une fois rassurés.

— Alors tu leur as fait bonne impression ? Mon père a répondu favorablement à ta demande ?

En fait, elle connaissait déjà la réponse. Son père et ses frères pouvaient se montrer très protecteurs mais jamais ils ne s'engageraient sur pareil sujet en son nom.

— Ton père m'a conseillé de m'adresser à toi directement.

— Vraiment ? dit-elle, amusée.

Et dire qu'elle avait dû, toute son enfance, se battre pour faire valoir sa voix au milieu de sa tribu si masculine ! Peut-être sa famille avait-elle fini par lui accorder sa confiance.

— Il paraît que tu es « indépendante et bien capable de te choisir un époux toute seule ».

Feriel esquissa un sourire mutin.

— C'est que je suis difficile… Dois-je te rappeler mes critères en la matière ?

— Si je me souviens bien, tu attends un homme qui partage tes sentiments. Tu veux un mariage d'amour !

Pour toute réponse, elle hocha la tête.

— Alors laisse-moi exaucer ton vœu, ma chérie…

Comme dans un rêve, Zakaria mit un genou à terre et sortit un écrin de la poche de sa veste. Quand il l'ouvrit, Feriel découvrit un diamant, serti de cinq émeraudes. Le bijou précieux, évoquant un trèfle, était une splendeur. Il scintilla sous le soleil de Caracas.

— Feriel Ibn Nasser, tu es la chance que je n'osais espérer. La lumière qui manquait à ma vie. La femme qui a brisé ma solitude. Je veux passer le reste de mon existence à tes côtés, veiller sur toi et nos enfants. J'irai où tu iras : dans le désert ou le ciel de Caracas.

Il marqua une pause.

— Je t'aime, Feriel. Me feras-tu l'honneur et la joie de devenir mon épouse ?

— Oui ! s'écria-t-elle, au comble du bonheur.

Puis elle se lova contre Zakaria. Car là était sa place.

Pour l'éternité.

Épilogue

Un an plus tard

Feriel était souvent venue sur cette plage. Elle y avait passé une enfance heureuse, courant sur le sable chaud. Adolescente, elle s'y réfugiait avec son amie Aliyah et toutes deux confiaient leurs rêves à l'océan. C'est là aussi qu'elle avait reçu quelques mois plus tôt un baiser époustouflant de Zakaria.

Aujourd'hui, devant l'assemblée réunie de toutes les personnes qui comptaient pour elle, Feriel s'apprêtait à échanger avec l'homme de sa vie une promesse d'amour éternel.

Sous une arche de fleurs odorantes, grisée par le bruit des vagues, elle sourit à ses invités, confortablement installés sur des chaises disposées sur des pilotis de bois.

Au premier rang, le clan Ibn Nasser rayonnait de fierté. Le père de Feriel lui avait offert sa robe de mariée, une merveille de soie ivoire qui alliait grâce et sobriété. Sous le soleil éclatant, les motifs brodés de fils argentés révélaient toute leur élégance. Feriel ne portait pas de chaussures, la sensation des cristaux de sable sous ses pieds lui étant aussi familière qu'agréable. Jalil couvait sa petite famille d'un regard attendri, tandis qu'Ilyed,

Hédi et Koussay semblaient occupés à scruter les femmes alentour.

De l'autre côté d'une rangée de coquillages, une bordée d'enfants s'agitaient, sous la surveillance d'un sultan visiblement dépassé. Malek pouvait bien tenir des troupes de soldats, et gouverner un pays aux côtés de sa puissante épouse, face aux petits princes, il n'était qu'un homme. Sa fille Meriem semblait guider son monde avec force cris et gaieté. Suivie de près par Farès, elle n'avait qu'un objectif : atteindre les deux landaus que Maria et Alfonso faisaient rouler doucement afin que leurs petits hôtes finissent tranquillement leur sieste.

Milos et Paloma Miralez avaient cinq mois maintenant et comblaient leurs parents de bonheur. Eux aussi avaient hérité les yeux émeraude de la famille royale, et Feriel s'en réjouissait. Elle aimait l'idée que sa progéniture appartienne à cette lignée marquée par un destin extraordinaire.

Les jumeaux étaient nés à Caracas, dans la propriété que leur père avait bâtie en pensant qu'un jour peut-être il y fonderait un foyer. C'était le cas aujourd'hui, puisque Feriel et Zakaria s'y étaient installés pour élever leurs enfants. Bien sûr, les Miralez voyageaient régulièrement vers Zmelâa ou les Dunes bleues, pour visiter leurs proches.

Après leurs fiançailles, Feriel et Zakaria avaient finalement décidé d'attendre la naissance pour se marier. Et c'est dans le désert qu'ils célébraient leur union, auprès des leurs.

— Nous sommes rassemblés aujourd'hui pour unir deux êtres qui me sont particulièrement chers.

Feriel se tourna vers Aliyah qui lui avait fait l'honneur d'officier au cours de cette cérémonie, comme l'y autorisait son statut de sultane.

— Feriel Ibn Nasser, ma merveilleuse amie qui fut aussi ma secrétaire particulière durant de longues années. Zakaria Miralez, prince de Zmelâa, mon frère.

Feriel jeta un regard à son promis. Depuis qu'il était en paix avec son passé, il acceptait de porter, pour les grandes occasions uniquement, le titre de prince, à l'instar de Hassan. Ce dernier tenait lieu de témoin à son jumeau aujourd'hui, tandis que Nesrine était la demoiselle d'honneur de Feriel.

Alors qu'Aliyah évoquait les liens sacrés du mariage, Feriel songea à ceux qui l'attachaient à tous ceux qui se trouvaient présents ici même.

Les liens du sang.

Les liens d'une amitié sincère.

Les liens de l'amour.

Aliyah, Hassan, Zakaria avaient souffert d'une grande solitude dans leurs jeunes années, mais la vie les avait heureusement réunis. En l'espace d'une année, défiant les pires prédictions – et peut-être même une malédiction – ils avaient trouvé l'amour et fondé une famille.

Pour chacun d'eux, le bonheur n'était plus une quête, mais la réalité. Et chaque jour, auprès de l'homme qu'elle aimait et de leurs enfants, Feriel comptait bien savourer cette chance.

Feriel était sa chance – et il l'avait saisie.

Ému, Zak ne quittait pas des yeux sa sublime promise. Cette femme qui s'était présentée à lui dans la nuit de Caracas l'avait tiré des ténèbres. Aujourd'hui, dans cette robe vaporeuse, elle étincelait sous le soleil du désert. Comme il lui tardait de la dévêtir pour célébrer avec elle leur union de mille façons. Une lueur de passion traversa le regard sombre de Feriel, signe qu'elle lisait en lui, comme depuis leur toute première rencontre.

Elle avait fait plus que le réconcilier avec le concept de famille. Elle lui en offrait une. Grâce à Feriel, Zakaria n'était plus seul. Il avait retrouvé un frère, gagné une sœur et c'est désormais tout un clan qui gravitait autour de sa femme, ses enfants et lui. De Zmelâa aux Dunes bleues et jusqu'à Caracas, leurs proches étaient nombreux à leur offrir attention, affection et bienveillance. Comme en témoignait l'assistance devant lui.

Quant à Paloma et Milos, les précieux jumeaux que sa douce Feriel avait portés durant neuf mois, ils étaient un rayon de bonheur dans leur existence. Toujours souriants, ils étaient la preuve que la vie peut être belle, pour celui qui y croit.

Zak y croyait dur comme fer, à présent.

— Zakaria Miralez, prince de Zmelâa, consentez-vous à prendre pour épouse Feriel Ibn Nasser, ici présente ? Promettez-vous de la chérir pour le restant de vos jours ?

— Oui ! répondit Zak, fou de joie, avant d'embrasser la mariée.

Le cheikh maudit n'était plus : l'amour l'avait béni.

Vous avez aimé *Zakaria, un cheikh maudit* ?
Retrouvez en numérique l'intégrale de votre série « L'héritage des sables », d'Elisa Marshall :

1. *Aliyah, princesse captive*
2. *Hassan, le sultan banni*
3. *Zakaria, un cheikh maudit*

Retrouvez prochainement,
dans votre collection

AZUR

Le jeu d'une amoureuse, de Pippa Roscoe - N°4356

Quatorze jours. C'est le délai dont Sia dispose pour prouver que le duc Sebastian Rohan de Luen a dérobé une célèbre toile avant de la remplacer par un faux. L'enjeu est de taille, puisque la carrière et la réputation de Sia sont en jeu : c'est elle en effet qui a expertisé la Femme amoureuse pour la Maison d'art Bonnaire ! Hélas, bien que Sebastian lui soit manifestement nocif, elle éprouve en sa présence des émotions intenses. Des sentiments dangereux qui pourraient bien altérer son jugement, si elle n'y prend pas garde…

**L'enfant d'un prince du désert,
de Sharon Kendrick- N°4357**

Caitlin est sous le choc quand elle voit débarquer chez elle le roi Kadir al-Marara. Si tous deux ont eu une liaison quatre ans plus tôt, elle le croyait sorti de sa vie pour toujours. Hélas, son pire cauchemar est en train de se réaliser : Kadir a découvert son secret – le petit garçon né de leur amour impossible. Et il exige aujourd'hui d'emmener avec lui son héritier ! La peur au ventre et craignant d'être séparée de Cameron, Caitlin accepte de suivre Kadir dans ce pays de sable dont son enfant sera un jour le roi…

**Contrat avec un milliardaire,
de Michelle Smart - N°4358**

Alors qu'elle se rend à une audition, Mia découvre avec stupeur qu'elle est la seule candidate. Mais sa surprise grandit encore quand l'homme sublime qui la reçoit, Damiàn Delgado, lui propose un rôle sur mesure : incarner sa fiancée le temps d'un week-end. Si elle parvient à convaincre la famille de Damiàn qu'elle est follement amoureuse de lui, elle touchera une fortune ! Incapable de refuser une offre aussi généreuse, Mia accompagne Damiàn dans la principauté de Monte Cleure…

Une farouche princesse, de Millie Adams - N°4359

L'objectif du prince Javier de la Cruz est simple : ramener Violet King dans son pays, où elle épousera son frère. Seulement voilà, la belle héritière s'y oppose catégoriquement, pour la bonne raison que ce mariage a été négocié par son père sans même qu'elle soit mise au courant. Mais il y a pire encore : à peine Javier pose-t-il les yeux sur la farouche jeune femme qu'il sent un désir fulgurant l'assaillir. Alors qu'il brûle de conquérir Violet, comment accepter qu'elle puisse bientôt appartenir à un autre ?

Le mariage de Dora, de Louise Fuller - N°4360

Dora aime plus que tout le petit Archie, dont elle est aujourd'hui la tutrice. Le bébé est en effet sa seule famille. Aussi, quand l'impitoyable Charlie Law revendique la garde de l'enfant, est-elle prête à se battre contre lui. Une bataille qu'elle redoute de perdre, hélas, tant les moyens du milliardaire sont vastes, comparés aux siens. Désespérée, elle se résout à accepter le marché insensé que lui propose bientôt Charlie : elle pourra faire partie de la vie d'Archie... à condition de l'épouser !

Tentation grecque, de Michelle Douglas - N°4361

La mer, les fleurs odorantes, le chant des oiseaux... L'île grecque sur laquelle séjourne Audra est le cadre parfait pour se ressourcer et panser ses blessures. Du moins le croit-elle, car bientôt surgit dans sa villa Finn Sullivan, le meilleur ami de son frère. Si elle l'accueille bien volontiers sous son toit, elle redoute déjà leur cohabitation. Tous deux se connaissent si bien, trop bien. Mais pas encore assez, si Audra en croit le désir inouï qui rugit dans ses veines chaque fois que Finn s'approche d'elle...

Le séducteur de Bollywood, de Tara Pammi - N°4362

SÉRIE : *PASSION À BOLLYWOOD* - 1/2

Vikram est l'acteur le plus en vogue de Bollywood ; Naina, la modeste assistante qui travaille dans sa somptueuse propriété de Raawal Mahal. Mais, au cours d'un bal masqué, tous deux ne sont brusquement plus qu'un homme et une femme en proie au désir. Une danse, une nuit d'amour, et les voilà liés intimement. Mais quelques heures de plaisir peuvent-elles bouleverser l'ordre établi et rapprocher deux mondes que tout oppose ? Naina, sous le charme du très sexy Vikram, a tellement envie de croire à cet amour impossible...

Séduite par son garde du corps,
de Susan Meier - N°4363

SÉRIE : *LES MILLIARDAIRES DE MANHATTAN* - 2/3

Un garde du corps ? Jamais Charlotte n'aurait imaginé avoir besoin qu'un homme veille sur elle. N'est-elle pas une femme indépendante ? Seulement voilà, lorsque Jace MacDonald lui révèle qu'elle est l'héritière secrète d'un célèbre milliardaire, elle accepte sa protection rapprochée jusqu'à New York. Lui seul saura tenir à l'écart les paparazzis qui gravitent autour de sa toute nouvelle famille. Très vite pourtant, Charlotte regrette sa décision. Car les élans de son cœur pour Jace lui paraissent bien plus dangereux encore que les menaces qui pèsent sur son héritage...

Une nuit à Kildare House, d'Abby Green - N°4364

SÉRIE : *LA DYNASTIE MARCHETTI* - 1/3

Maggie s'est toujours crue immunisée contre la séduction des hommes riches et puissants. Elle en a côtoyé suffisamment pour connaître leurs travers. Pourtant, lorsqu'elle rencontre le mystérieux Nikos Marchetti, propriétaire de Kildare House dont elle est la gouvernante, elle sent son cœur battre follement et ses certitudes vaciller. Au point qu'elle cède à la passion que Nikos lui inspire, durant une nuit magique. Une nuit qui n'est pas sans conséquence, car bientôt Maggie découvre qu'elle attend un enfant de Nikos…

Si proche du roi, de Jackie Ashenden - N°4365

SÉRIE : *LA COURONNE D'AXIOS* - 1/2

Calista est soldat, membre d'élite de la garde royale. Sa mission est cruciale : veiller à la sécurité de Xerxes Nikolaides, prince d'Axios. C'est un honneur pour elle, mais une douce torture aussi. Car, pour son malheur, Xerxes est l'homme le plus beau que la Terre ait porté – et il le sait. Réputé pour être le plus grand don Juan d'Europe, cet homme aime les femmes comme le scandale. Calista doit donc veiller sur sa personne et sa réputation ! Si tant est qu'elle soit capable de ne pas rejoindre elle-même le rang de ses admiratrices et maîtresses…

La caresse de son ennemi, de Rachael Thomas - N°4366

Voilà un an que Sébastien, son frère adoré, est mort. Un an que Charlie n'a plus trouvé le repos. Comment un talentueux pilote de course a-t-il pu avoir un accident lors d'un simple tour d'essai ? Une question qu'elle tient à tout prix à éclaircir. Aussi, lorsqu'elle est invitée en Italie par le partenaire en affaires de Sébastien pour assister au lancement du véhicule conçu par son frère, décide-t-elle d'accepter. Tant pis si Alessandro Roselli la trouble plus qu'aucun autre homme avant lui : elle sera assez forte pour se consacrer uniquement à son enquête. C'est pourtant sans compter sur le désir qui brille dans les yeux d'Alessandro. Prise au piège de la tentation, Charlie retrouve sous le regard de cet homme mystérieux les mêmes sensations qu'au volant d'une voiture de course : plaisir intense et ivresse du danger…